KB091770

바람을 받아쓰기 하다

김희경 시집

시음사
시사랑음악사랑

시인의 말

어느 소란스럽던 날
저녁 물비늘 깊이 드리우던 날
갈 곳 잃은 파열음 같은 이명은
어디서 불어온 바람의 소리였을까요

바람을 따라 간 골목 저편
찾고 있던 '나'의 존재를
가로등처럼, 등대처럼
기다리고 있던 詩의 세계

허락 없이 열고 들어간 그 길에서
담고픈 바람체로
생을 녹여 엮은 투박한 초에
감히 조심스레 불을 켜 봅니다

여전히 미흡하여 많이 흔들리지만
생각의 틀을 깨뜨려 주고
삶에 대한 사유를 걷게 한 詩의 힘으로

낮고 어두운 곳에 햇빛을 모셔다 심고
참 눈물과 가슴을 부으며
온기 한 잎 틔움에 온 영혼을 사르는
기꺼운 소멸이고 싶습니다

시인 김희경

＊ 목차

제 1부 화면조정 시간

QR코드 | 스마트폰으로 QR 코드를 스캔하면 시낭송을 감상할 수 있습니다

본문 시낭송 감상하기

제목 : 푸른 방백
시낭송 : 박영애

제목 : 태초의 바다
시낭송 : 박순애

제목 : 그대는 누구인가
시낭송 : 박영애

* 목차

제 2부 사랑, 그 아름다운 몰입

QR코드 스마트폰으로 QR 코드를 스캔하면
시낭송을 감상할 수 있습니다

본문
시낭송
감상하기

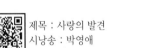

제목 : 사랑의 발견
시낭송 : 박영애

제목 : 당신 없인 못 삽니다
시낭송 : 박영애

제목 : 멍
시낭송 : 박영애

제목 : 그대 속 뜰에 평상 하나 놓아
시낭송 : 박영애

제 3부 수순의 스텝

제목 : 그리도 좋으신가
시낭송 : 박영애

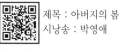
제목 : 아버지의 봄
시낭송 : 박영애

제목 : 공룡 발자국 화석 앞에서
시낭송 : 김락호

제목 : 삶의 책장을 넘기며
시낭송 : 박영애

* 목차

제 4부 삶의 책장을 넘기며

제 5부 압락사스

QR코드 스마트폰으로 QR 코드를 스캔하면
시낭송을 감상할 수 있습니다

본문
시낭송
감상하기

 제목 : 나비가 돌아오는 계절에
시낭송 : 박영애

 제목 : 아름다운 처방전
시낭송 : 박영애

 제목 : 방하착(放下着)
시낭송 : 박영애

시인은 자연을 이야기하고
시낭송가는 자연을 품었다
글자는 날개를 달아 언어로 날고
소리는 자연에 눕는다

제 1부 화면조정 시간

내 면면의 계절은
끝없는 화면조정 시간

푸른 방백

피워내는 시간도 아름답지만
잘 지워가는 생도 아름답다

거추장인 줄 모른 포장은
흠집이 날 때마다 메마른 벼락을 동반했다
허울로 입술을 발랐을 때는
지워질 때마다 부르튼 헛기침이 났다
욕심에 자초당한 삭막해진 나를
버려보려는 순간이 발심의 초를 켤 때
비워진 겨울 들녘의 독백처럼
사람스러운 사람 하나 그립다 눈물 흘리던
어느 너머의 별이 보였다

너른 허공에 번지는 푸른 방백

잘 지워가는 생은
더없는 자유로움이었다

봄꽃 지워진 곳마다
연둣빛 속삭임이 눈부시다

제목 : 푸른 방백
시낭송 : 박영애
스마트폰으로 QR 코드를 스캔하면
시낭송을 감상할 수 있습니다

촛불

시선 속 시선으로
욕망과 편협을 거르고
보이는 곳만 기웃거리는 얕음 버리고
보이지 않는 소리의 깊이를
가늠이 아닌 가슴으로 들을 수 있다면
진아의 중심, 창에 드리우는 볕뉘
그 볕에서 고요히 잠들고 싶어라

시선 속 갈래길에
어둠과 빛만 있으랴 만은
굳이 고르라 한다면
빛만 좇지 않으리
시선 속 시선에게 길을 물어
어둠 곁에 다가가
어둠 속 짙은 어둠의 숨소리 들으리
참 가슴으로 들으리
깊은 어둠을 일으키는 건 빛이 아니라
온기로운 가슴 하나라는 것을
들어줄 진정한 눈이라는 것을

진아 속 고요함 앞에
시선 속 시선의 맑은 중심 앞에
켜 보는 촛불이여!

얼마나 다행인지

얼마나 다행인지

꽃이 끝끝내 피었다는 것
나비가 비뚤거리며 꽃에게 닿는다는 것
바람이 사심 없이 유장해 주었다는 것

얼마나 다행인지

파도가 주저앉지 않고 다시 일어서는 것
수평선이 사라지지 않았다는 것
별이 제자리에 때를 알고 도착하는 것

얼마나 다행인지

지구가 아직도 돌고 있는 것
달이 곁을 지키는 것
돌고 돌아 사람이 누구나 다 늙는다는 것

그보다 더
신은 누구도 저버리지 않는다는 것
사랑으로 오늘도 아기가 태어나는 것

각성

뱀이 허물 벗어던진 곳에
꽃 피었다

꽃에게 허물은 어떤 언덕일 테다
향기는 허물마저 허무는 힘이니

실체였으나 거추장을 벗은 뱀은
분명 작아지고 낮아졌을 테다
미끈히 긴 가죽은
미련조차 벗어낸
거듭남의 인고일 테다

나는 언제
타인의 허물에 말랑해 보았나
돌이켜 나의 허물을 허물긴 했었나
내게서 빠져나간 시선은 따뜻하긴 했었나

아!
나는 언제
이 많은 허물 벗어
꽃 한 송이 피우나

태초의 바다

태초의 바다는
광활한 사투의 사막과
푸르디푸른 초원과
눈부시게 하얀 설원과
차가운 냉가슴 앓이 빙산과
이글거리며 다 태울 듯한 태양까지
안고 여미고 감내하여 이룬 눈물이란다

절벽 앞에서
바다로 몸을 날리는 바람도
직선으로 떨어지는 비마저도
곡선을 그리며 숨어드는 별똥별조차
그곳이 고향이어서
그곳이 엄마의 넓은 품이어서
주저함 없이 파고드는 귀환이란다

바다는 이렇게
수많은 사연을 절절히 얘기하는데
차마 나약한 단어의 얕음이
표현할 길을 잃어버리자
온 바다는 일어나 시를 쓰고 있다
새하얀 백지는 바다로 뛰어들어
포말로 부서지며 시를 담고 있다

제목 : 태초의 바다
시낭송 : 박순애
스마트폰으로 QR 코드를 스캔하면
시낭송을 감상할 수 있습니다

13

기억의 지문

오래전 맡겨둔 지문을 대차 대조해서
부가세 증명서 한 장 받을 일 앞에
서른 번 이상 거부당하며
유령 판정을 받을 뻔했다
동안 내 닳은 시간까지 감지하며
존재를 밝히느라 감식기는 땀을 흘렸고
나는 그만큼 지워지고 있는 중일 것이다

오래전 당신이 남겨놓은 기억의 지문은
내가 지워지는 시간보다 더 닳았을까
내가 아파했던 시간만큼 나를 데려갔을까

어떤 바람에 멈추어 돌아보아도
흐드러진 아카시아 아래 앉아보아도
아직도 붉어지는 눈 안에 당신은 남아있는데
지워지는 시간만큼 다 흘려보내지 못했으니
이것을 가끔 그리움이라고 했다가
붙들다 내가 된 미련이라 부르는가

증명서 한 장 내밀어 달라 할 수 없는

무정한 이를 사무쳐 하는 일

인연의 계절은 폐업 후 소멸된 것일 텐데

아직도 다 건너지 못한 강바람만

밤하늘 별을 스치고 있는가

그래서 별은 확인할 수 없는 존재들의 물음에

어두운 밤의 지문 감식기처럼

저리도 태연히 깜박이는가

허구헌 날의 점성

허구한 날 찰나 뒤는 허구 헌 날이다

생이 허구의 소설 같은 일일지라도
헌 날의 무디고 이 빠진 날의 재단으로
미끈하지 못하게 하루를 살았다 하더라도
일생 안에 귀하지 않은 시간이 어디 있으랴

허구한 날이 법에 근거하여 표준을 시비하고
맞다고 아무리 우기더라도
한 날, 진실하다고 말하던 잘 포장된 눈빛들이
울퉁불퉁한 아스팔트로 느껴질 때 있더라
헌 날로 밀려가면 진실은 그때 눈을 뜨더라

지금 쓰는 삶의 소설이
무엇이 옳고 무엇이 틀렸다 할 수 있으리
수많은 다름들의 점성으로 주어진 한 날
한 날은 진정 고뇌한 헌 날의 덕으로 오더라

푸른빛 다 내어주고 몸살 앓던 단풍
몸 눕는 저녁이면
저물어 추워진 밤, 불 끄는 시간이면
모든 이름들 낙엽이라 불리고
온 듯이 사라진 그들의 점성 위로
한 날들은 묵묵히 왔다 헌 날로 갈 뿐이더라

그대는 누구인가

정직과 솔직 사이에
진흙탕 있어
가끔은 말랐다가
가끔은 더 깊은 수렁 되니
진실히 한 가슴을 사랑하는 일이란
견뎌야 하는 일일까
건너야 하는 일일까

정직과 솔직 사이에
가시밭길 있어
가끔은 사잇길을 내다가
가끔은 더 깊은 상처되니
진실히 한 가슴을 만나는 일이란
험난한 일일까
심란한 일일까

정직히도 솔직한 것에 흔들리고
솔직히도 정직한 것에 떨리니
그곳에서 유혹하는 이 누구인가
사랑받고 싶은 이인가
사랑하고 싶은 이인가

되물어 들어오는 곳에 있는
이 분분히도 헤매는 가슴이
잃고 싶지 않아 더 잃어야 하는
그대는 대체 누구란 말인가

제목 : 그대는 누구인가
시낭송 : 박영애
스마트폰으로 QR 코드를 스캔하면
시낭송을 감상할 수 있습니다

하이! 패스

여수와 광양을 잇는
이순신대교를 지나 부산 오는 길
네비가 이순신처럼 말합니다
남에 고속도로 진입이라고

남해를 잘못 들은 나는
죄인이 된 양, 간이 조막만 해졌습니다
평상시 밟고 사는 모든 땅이
남의 것이란 생각을 못 했는데
가만히 생각하니
뭐 하나 나의 것은 아니었습니다

톨게이트를 들면서
하이패스로 패스당하며
남에 도로를 쓴다는 체킹을 당했습니다
공식된 해킹이 뭐가 좋다고
빠른 세월이 뭐가 좋다고
통과시키며 하이! 인사까지 해주고..

남에 길을 달리며

남에 육신을 빌리며

결국엔 닿아야 할 곳이

집인지 꿈길인지 몽롱함 속에

하이! 인사하는 달만이 들락거리는 밤길

도착한 부산에서

카드 한 장에 시공을 담으려는 바퀴 사이로

다시 네비가 말합니다

이순신 장군도 피하지 못할 친절한 목소리

나의 죽음을 적에게 알리는 기분

하이! 패스

바람의 부고

시장을 펼친 곳에는
늘 허전의 전이 열리고
난전의 장에는 사람이 드물어져
파행은 고프도록 짙어진다

걸친 웃음이 쓸쓸하고
걸진 말 텀벙은 한술 돌아 나와 버려진다
버려진 곳에는 허무가 술렁이고
한숨과 혀 차는 소리의 파장은
가슴 가슴 슬픈 가락이 된다

다닥다닥 붙은 곳에
타닥타닥 애만 타고
한때의 영화들만 줄줄이
입에서 눈에서 필름을 뽑아낼 때
병마 한두 개는 훈장처럼 펄럭이는
쓸쓸을 덫 입은 핼쑥한 얼굴들

닫힌 셔터에 붙은 붉은 딱지와
모퉁이 벽에 늘어가는 전 매매 딱지와
폭서의 여름이 썰렁한 돌기로 추워지는데

언제 영세가 만세 되는 꿈을 꾸긴 했었던가
긴 시간 머문 듯 찰나 되어 흩어지는
자주자주 불어 드는 바람의 부고

노을

먼발치에서 더 사무치는 것이다
완전한 이별일 때 더 아름다운 것이다

추억이라 꺼내지 못하고
세월이라 이름 붙여보기도 하는 것은
제대로 이별한 아름다움에 닿지 못한 것은
그렇게 아파야 할 때가 있다는 것이다

잊힘이 무덤 같고
잊는 것이 암흑이던 고통이 힘을 잃고
추억으로 일어나 먼 길 돌아 나오면
홀로 따스히 안아주며 눈시울 붉어지기도 하는 것이다
허무조차 담담해질 그 저물녘
비로소 애잔히 회억하는 것이다

마침내, 완전한 이별 앞에 서서는
남은 상처와 고통의 흔적마저
지독했던 고독의 고독한 그림자마저
미련 없이 부수어 던져내며
그리하여 일생,
나답게 살고 덕분에 사랑 알았노라!
온 하늘 한번 불지르고 잊히는 것이다

눈물

폭우가 퍼붓는 것은
수평선이 우울해졌기 때문이란다
생이 무거워 기울어지는 큰 슬픔에게
끊어지려는 만고 같은 무기력과 싸우는 투지에게
어쩌질 못해 터뜨릴 수밖에 없는 심정들이
잡고 있는 손이 저리도록 아파서 쏟아내는 것이란다
그 마음이 하늘의 하늘마저 울려 이윽고
해를 찬란히 보내고 별을 그윽이 돋게 하는 것이란다

너의 슬픔이 크다는 것은
너의 어딘가가 자꾸 기울어졌기 때문이란다
어둠이 낙서의 시간 안에 너를 가두어도
버티고 있는 너의 목숨 결 아래로 아래로
눈물을 보태어 눈물을 터뜨리게 하는 것이란다
눈물은 사력으로 바닥 져서 너를 깨우고 있는 것이란다
언제나 해와 별은 너의 마음에 있다는 것! 부디
그것을 기억해 내야 한다는 신신당부의 참 기도란다

바다

바다는
사람의 마을에
아이의 연둣빛 웃음과
청춘의 푸른 꿈과
노인의 눈에 깃든 깊은 노을이 그리워서
온 생을 끌고 와
낮게 낮게 밀물지는 것이다
사람을 기다려보고 싶은 것이다
결코 저버리지 않는 가슴이고저...

바다는
사람의 마을에
눈빛 잃은 어둠과
켜지지 않는 불빛과
열리지 않는 대문 앞에서
목이 터져라
그리운 사람을 불러보는 것이다
목울음 깊게 삼켜 돌아서는 것이다
그 아픔도 헹궈주는 수평선이고저...

장마

당신이 나비가 아니라
꽃이든
내가 꽃이 아니라
나비이든

그것이 무엇이 중요합니까

나는 흔쾌히 나비춤추고
당신은 내게 아직도 나비 날듯
꽃보다 더 향기 지천인데

당신이 꼭 나비여야 하고
내가 꼭 꽃이어야만 한다면
그것만큼 슬픈 것도 없습니다

집념은 벽이었지요
고집이 끝내 울음 지더이다
오래 벗어나지 못해 설웁더이다

단풍

혈전처럼 떠돌던
고독한 그림자여

점점 얇아져간
남은 생의 고삐여

회오리로 오고 간
벌목된 인연이여
벌목당한 나여

발가락 끝부터 저려오는
희망한 날들이여
기대의 절망이여

쓸쓸히 가슴에 재여둔
목 매이던 기다림이여
무렵들 마디마디 아리운 침묵이여

울고불고의 영혼들 달래고 삼킨
고독했을 만유萬有한 넋들이여
울긋불긋 배어 나오고야 만 저녁답 꽃이여

빛과 어둠, 경계 없는 무아여
이윽고 벙벙한 아름다운 형용이여

아... 번짐이여
황홀한 끝장이여!

진실로 사랑하지 못한 죄

광안리 방파제를 끼고
비치 아파트 담에 기대어
한 몸 오롯이 해바라기로
바다와 해를 사랑하던 꽃이
태풍에 사라져버렸다

나는 왜 눈물이 나는가
해바라기는 이제 해가 되고 바다가 되었는데
몸을 지워 허공에게 선물하고
저토록 고요한 바다의 얼굴 안에 있는데

나는 왜 눈물이 나는가
갑자기 사라진다는 것 앞에서
나는 왜 사라지는 순간의 고통에 집착하는가
해바라기는 그곳에 있긴 있었는가

내가 훔쳐본 그 순간도
다만 있었을 뿐인데
그때의 내게는 갑자기 오지 않았던가
가버렸듯 그렇게 오지 않았던가

말간 자리는 허공이 노닐고 있고
훔쳐본 마음 앞에서 나는
간 듯이 왔던 인연이
온 듯이 가버린 생과 사 사이
흐르는 경계의 진물을 훔치는 자일뿐

미련을 늘 뒤에서야 꺼내 보고는 아팠던 나
도착한 곳은 언제나 빈자리였으니
실로 든 자리일 때
진실로 사랑하지 못한 죄 여전히 크다

도청盜靑소재지
– 2020 여름

하늘은 무심하다는 원망에도 흔들림 없이
묵언수행 중이었을까
심한 먼지로 기관지 부품을 갈아야 해서
다른 행성에 요양 중이었을까
별을 지키는 데 필요한 별첨에 부록 된
엠에스지에 인양되어 자가격리 중이었을까
구름 지국마다 하늘과의 불통으로
국지구적으로 울고불고한 것을 알고는 있을까
최첨단 더위로 지구를 데울 여름을 보낸다는 서신은
잘못 배달되었을까
장마를 절기로 보내놓고는
마장에 흔들려 멈춤 버튼을 잃어버렸을까
뜨거운 여름으로 안내한다는 초대장은
어느 행성텔로 숨어들어서 뜨거웠을까
실로 견디다 견디다 볼썽사나운 지구 속 사정에
수분조절장애 발작을 일으켰을까
찾으러 보낸 수색 대원마저 행방불명 되었으니
기밀 누설이 염려되어 펼친 구름 회유정책이었을까
하늘색을 도청盜靑당한 사실을 숨기려고
그렇게 비의 볼륨을 대책 없이 올렸을까
그리고는 위로의 장미를 보내놓고
향기마저 짓물러 가시 박하게 해 더 울게 한 것일까

지구별에 왔을 때 인간이란 동물을 믿고
장기계약한 것을 후회하고 있다는 소식도 들리고
하늘마저 얼굴색을 바꾸게 하는
인간의 위대한 무분별 신경 체계로
반대급부 불이행에 대한 계약 파기 소식도 들리고
도청盜靑소재지로 계약 중단 소식이 도착한다는 메일이
매일 폭주를 일삼아서
빛의 속도로 달려오는 중이라는데

나와 너와 우리 무리들 그 빛을 어찌 맞이할까
단합심이 발끈 해처럼 솟고!

화면조정 시간

때로는 나도 모르게
마음의 눈이 붉어져 착한 것 같기도 하고

때로는 만원 지하철에서
수평으로 놓인 의자에 앉는 기회만으로
안도는 주저 없이 내려앉아 행운아 같기도 하고

불쑥 21그램이라는 영혼의 손이
뼛속을 비워야 간다는 저편을 보여주며
고독을 다해 고독을 밥처럼 먹일 때
가끔은 사람인 것이 고파 서럽기도 하고

아무것도 아닌 내가 아무것을 꿈꾸다가
아무도 아닌 자유로움이 아무렇게나 외로워져서
가끔은 짐짓에 눌려 저울스럽기도 하고

입을 한 번도 열지 못하고 시든 꽃봉오리
말린 손을 펴지 못하고 주먹 쥐고 떨어진 잎
착한 척 그들을 데리고 가며 붉은 눈물 보여주는 노을
불균형의 꿈이 평형이라면서 형편없는 시소의 고립
1,300원 교통비는 입석 좌석 분별없는 참 소통적 가격
가끔은 괴리적 부정스러운 눈을 비비기도 하고

죽을 때까지 죽을 수 없어 퍼부울까 국지적 염치는
멀고 먼 수평선아 매도는 생각해 봤니?
와불안석(臥不安席)에 힘입어 보렴
자주 하 수상해서 신고를 스스로 하기도 하는

내 면면의 계절은 끝없는 화면조정 시간!

바람의 전갈

1
사람의 손이 닿지 않는 곳에서
해가 떠오른다는 건 다행이지요
갈매기가 좀 더 멀리로 밀어놓고
겨운 날갯짓으로 돌아오는 시간이면
목마름들은 일어나 창을 열고
변함없이 어둠을 닦는 해가 있지요

해는 점점 키를 올리며
새도 바다도 나무도 아이들도 쓰다듬지요
때로 낙엽도 말리고 구름의 방랑도 말리고
바닥을 치며 눈물 머금은 웅덩이도 말리지요
다만 인간적을 잃고 적으로 여기는 인간들의
적나라한 욕심만은 말리지 못하겠다고
근심하는 붉은 눈물의 전갈을
어느 새벽 훌쩍였던 바람의 흔적에게 들었습니다

2

사람의 눈이 힘을 조금은 내릴 무렵에

달이 뜨다니 다행이지요

물때를 만난 사람들도

사냥을 멈추고 등을 돌릴 때

바닷소리를 멀리서 크게 틀어두는 전술로

달은 어디선가 불쑥 모습을 드러내지요

늘 떠오르는 지점을 달리해야 하고

돌아가는 시간도 달라야 하지요

사람의 시간에 귀한 사랑이 내리면

달을 따줄 거라는 맹세들이

호시탐탐 달을 노린다는 것을

늑대의 신호로 익히 알고 있다지요

하지만 모든 밤을 지새워도 좋으니

그런 도전은 언제든 즐겁다는 전갈도

오아시스에 그려둔 바람의 흔적에게 들었습니다

사유

나는 기생한다
내 영혼은 늘 허기다
나를 파먹고도 늘 배가 고파 걸신이다

영혼의 늪을 맑힐 줄 몰라
진흙이라 하면서
그 진흙으로 그물을 만들어
걸려들기를 바라는 관조라는 명목에
늘 내가 걸려들어 먹힌다

내가 먹은 도끼로
먹을 갈아 타래를 만든다
그것을 잔혹이라 뇌이다가도
등짐에 갇힌 자세로 달팽이 걸음을 찬미하고
한낮에 걸린 거미의 나른으로 나를 먹으며 하품한다

때로 웅크리고 때로 포효하지만
나는 왜 가난하지 못하다며 늘 걸신일까
내일의 일기예보를
그물을 빠져나간 바람이 건넨다

영혼 지수가 낮다
아마도 비가 오겠다
한껏 진흙이 묽어지겠다

낭패다

불안

꿈에서조차
꿈만의 여행을 즐길 수 없어
보여질 초점에의 귀의

꿈을 앞지른 예지의 신을 모셔와
방울을 흔들고도 웅크리는
고장 난 시계추

길들여진 것으로
등불의 조도를 고정하고
꿈마저도 저울 삼는 믿음의 의심

살이의 퍼즐을 맞춰내려 용쓰며
무거움을 선두 지휘하고야 마는
이상한 나라의 이상한 박동
숨가쁜 안간힘

오늘은 멀리 있는 날들의 이름
밖에만 있는 수많은 오늘
그 안의 가파른
안절부절한 비명

아직 한 번도 오늘인 적 없는
내가 적인, 적이 나인
맹랑 우울한
적과의 동침

진심으로 사과드립니다

이 봄의 어느 날엔 바람을 두고
참말로 샘이 보통은 넘으신다고
밴댕이 샌님이라 할 뻔했어요
참말로 이쁜 것만 좋아한다고
천하의 바람둥이라 할 뻔했어요
휘젓고 가는 걸 보고
저잣거리 뒹굴며 들쑤시는 농땡이라 할 뻔했어요
한바탕 눈비를 대동해 소란 피우는 걸 보고
한 많은 사당패라고 할 뻔했어요

참말로 그랬는데...
정작으로 어떤 마음으로 바람을 맞이하는지
봄꽃에게 물어보질 못했네요
그저 약자가 꽃 같아서 꽃편만 들었어요
가만히 생각해 보니
바람의 일에 꽃의 일에 끼어든
이 먼지 같은 마음이 발동한 거였어요

나는 분별이 아니고 정의라고 불렀는데요
생뚱맞게 의협심이라 치부해버렸으니
이 노릇이라니요
그저 순리껏 오고 가는 일일 텐데
그들 생에 마지막 사랑의 몸짓일지도 모를 텐데요
어리석은 내 안의 잣대는 이리도 가볍습니다

바람이 거세면 원망이고
바람이 부드러우면 숨결이고
이런 천하의 마음대로 바람은 나였음을
바람과 꽃의 시간을 바라보다가
이 분별의 먼지투성이
머리 숙여
바람과 꽃 앞에 진심으로 사과드립니다

제 2부 사랑, 그 아름다운 몰입

지극한 당신과 내가
지극히 유일해지는 일

사랑의 발견

그토록 아름다운
가로등 불빛을 두 번 다시 만나지 못했다

그토록 두근거리는
비의 발자국 소리를 다시는 듣지 못했다

단풍나무가
심장을 데려갔는지 자꾸 붉어져 갔고
비가 단풍나무에 닿을 때마다
출처 모를 별들이
부서지며 뛰어내렸다

낮모를 뜨거움이었다
삶의 새로운 면모가 재생되었고
모든 생의 이유가 내내 되어 주었다

사랑의 발견이었다

제목 : 사랑의 발견
시낭송 : 박영애
스마트폰으로 QR 코드를 스캔하면
시낭송을 감상할 수 있습니다

뜻 모를 눈물을 쏟게 하는 당신

참는다고 참아지는 것이 눈물이면
그건 눈물이 아닌 거다
참는다고 참아지는 것이 사랑이면
그건 사랑이 아닌 거다
참아야지 하기 전에
눈을 벗어나 버리는 것
기다려야지 하기 전에
언제 나갔는지도 모르는 어느 마음이
달려가고 있는 것

눈물과 사랑은
살아보니 닮아 있어져 버렸다

참을 수 없는 가벼움으로는
설명할 길마저 잃어버리게 되어 버렸다

하여,
뜻 모를 눈물을 쏟게 하는 당신은
내가 찾을 길 없는 한 마음을 가져간 거다

나는 그것을 사랑이라고 말하기 전에
눈물의 노출을 만난다

당신 없인 못 삽니다

꿈길에 당신이 오셔서
이별의 잔인한 말을 하셨습니다

당신 없으면 어찌 사나
당신 없으면 나는 어쩌나
꿈에서도 나는 당신을 잡고 울었습니다

놀라서 깬 곳에 문득
엄마 없인 나는 못 살아요
엄마 없이 내가 어찌 살아
그렇게 오랜 세월 했던 말이 돌아와 있고
밤하늘만 멍하니 한참을 올려다보았습니다

엄마가 이 세상에 이젠 안 계셔도
엄마 목소리 다시 들을 수 없어도
나는 밥 먹고 잠자고 꿈꾸고
때론 아프며 잘 살고 있는데
당신 없이 내가 못 살 거라는 건
꿈에서라도 거짓말같이 느껴졌습니다
그래서 눈물이 더 쏟아졌습니다

나는 이제 그렇게 사랑한 엄마도 없으니
이렇게 사랑하는 당신 없인 정말 못 삽니다
나는 몹쓸 상습범이지요
그러니 당신이 꼭 체포하셔서
거짓말 더는 안 하도록
나보다 더 오래 살아주셔야 합니다

바람을 받아쓰기 하다

바람을 받아쓰기 한다
불어주는 사연을 듣고
손으로 아픔을 어루만지고
가슴으로 파고든 시림을 안아주면서

바람이 차다는 것은
나의 체온이 더 뜨겁다는 거지
아직도 열정이 살아있다는 거지

바람이 아무리 흔들어도
넘어지거나 밀려나지 않고
받아써 내려간다는 것은
그래도 담대히 산다는 거지
바람 앞에 당당하다는 거지
가야 할 곳이 있다는 거지
그래서 아직은 살만하다는 거지

저토록 차가운 바람이 내게 불러주는 소리에
따스한 곳을 찾아가는 중이라고 쓴다
분명 쉴 곳이 있다고 쓴다
나의 품을 찾는 너처럼
너의 마음을 찾는 나처럼
따뜻한 집을 찾는 우리처럼

사랑, 그 아름다운 몰입

당신이었군요 나의 별
나였어요 당신 별
서로를 바라보며 확인하는
아름다운 몰입의 순간

푸른 밤, 희미한 융단 드리운 은하수 위
애틋이 빛나는 두 별의 조우
깊이깊이 너를 사랑하노라 아껴둔 고백 같은
온밤을 지배하는 그 선명한 끌림

폭풍우 휘젓던 밤, 어둠도 헤매던 바다 뒤편
오랜 세월 기다린 절명의 몸짓
결코 결코 꺼지지 않겠다는 간절한 다짐 같은
등대의 품으로 기어코 들고야 마는 그 명징한 교신

두 주파가 빚는 울림만으로
지구는 환하게 벙글어 꽃으로 피어나니
지극한 당신과 내가
지극히 유일해지는 일
사랑, 그 아름다운 몰입

촛불 2

나는 어둠의 정부(情婦)
나는 슬픔의 정부(情婦)
나는 가난의 정부(情婦)
나는 그 모든 것을 끌고
암실의 그늘로 가리

서늘해짐을 두려워하거나
막막해짐에 주저앉거나
냉랭한 시선에 칼을 들지 않으리

습을 입어보지 않고 어찌 습을 알까 랄라
습한 곳에서 넘어지면
꺼질 듯 눈물 고이면
새까만 생쥐 눈빛에라도 다시 일어설 테지

숨 막혀보지 않고 어찌 삶이라 할까 랄랄라
까만 연기가 시기하듯 삶을 가로막으면
그때에 비로소 천적 같았던 그 바람
나를 사랑하여도 고백 못 했던 바람
불어줄 테지

나는 나를 다 사르도록
꺼짐을 두려워하지 않아야 한다는
신이 주신 굳은 심지 하나로 이미 환희

심지어는 삐걱삐걱 열리지 않는 곳은
온 육신의 기름을 짜내서라도
그들의 생을 열어주라는 지령을 받은
아, 이 찬란한 환희

생은 이렇게 쓰이는 것이라는 깨달음
나는 그곳으로 그들을 데리고 가리
그리고 함께 뜨거워지리

나는야
어둠과 슬픔과 가난을
품어주는 바람
고독한 그들의 아주 다정한 정부(情婦)

절교

해동용궁사 다리를 건너다
다리 이름을 잊어버린 나의 희미한 의식에
거두절미스러운 단어
절교가 문득 떠올라 대략난감해진다

나는 무엇과 좋은 이별도 아닌
단숨에 절교들을 얼마나 하며 여기까지 왔는가
떠난 계절이 멀리서 내미는 촉수에는
마디마디 결절이 보이고
돌아보지 않을 거라고 내달리다 미련스러운
소금 기둥이 된 여자도 있다

절교 위에 서서 동전을 던지는 소금 기둥 하나
아무리 던져도 풀리지 않을 것처럼
빗나가기만 하는데

이런 기억의 집착과 절교하라고
분별하는 나와 먼저 절교하라고
용문교 위로 쏟아지는 가을 햇살이 뜨겁다

어찌하여 너는

떨어지는 낙엽들 사이에
너라는 그리움 몇 개 두면
그만큼만은 지워갈 수 있을까

모진 바람에 기어코 비워진
등 푸른 허공 한 창
화석 된 이름 하나 열고 들어와
나의 가슴에 돌 하나 얹어놓네

이 질긴 그리움이 닳아지려면
어느 세월을 지나야 하나

요단 강변에
초췌한 풀들은 눕고
멀리 나룻배 한 척 물소리 싣고 오고 있는데
바람은 애꿎은 갈대만 흔들어 돌아앉아 울먹이고
나도 이제 가뭇없이 저무는데

어찌하여 너는
저물지 못하고
자꾸만 자꾸만 선명해져 오는가
어찌하여 너는
깊은 물빛으로 흘러와
이 마음 하염없이 잠기게 하는가
어찌하여 너는…

이별 택일법

구름이 자욱한 날엔
오히려 마음이 편하다
이별해도 덜 슬플 듯해진다

어느 날, 쪽빛 창공을 날아가는 새 한 마리는
내게 너무나 위태롭게 보였다
저 푸르고 긴 외로움을 어쩌나
잡아줄 수도 없는 겨운 날갯짓의 뒷모습을
오래 바라본 적이 있었다

너무 맑았던 그날
붉은 눈시울로
뒤도 한번 안 돌아보고 떠나던 당신 뒤에서
그 새가 따라 날아오른 것도
아직 이렇게 오래 기억을 바라보는 것도
어떤 기다림이나 미련 같은 물기가 아니라
너무 푸르디푸른 그 외로운 날씨 탓인 것이다

구름이라도 자욱하면
구름에라도 앉았다 가겠다 싶어서
부리나케 숨어서 눈물 닦아도 덜 무겁겠다 싶어서
나도 돌아서기 쉬웠을 텐데

그 후 나는 아주 흐린 날로 이별의 택일을 잡기로 했다

하여, 맑은 날은
함부로 이별하지 않기로 한다
버림받지 않도록 더 조심하기로 한다

겨울비

왜 겨울비는
만지면 끈적일 것 같은지 몰라
가령, 속 끓고 애 끓인 눈물의 오랜 간수같이
속수무책 가슴을 짓무르게 하는

다시는 돌아오지 않을 거라고 떠난 슬픔들이
뚜우욱 떨어져 내리며
내 눈을 하염없이 미안하게 오래 바라보는 듯한

그 슬픔과 직면할 때
왈칵 눈에서 두서없이 쏟아지는 것
그것을 아는 한 슬픔
내 창을 가리는 하얀 성에 커튼 뒤에서
흐느끼는 소리로 더 미어지는 듯한

불현듯도 문득도 아닌
늘 그리워서 눈처럼 부서지지 못하는 것
그것이 겨울비인지 몰라

나를 너무나 잘 알기에 더 외롭게 했던 것 같은
선뜻 나를 떠나지 못하는 것이 있기는 한 것 같은
견디다 견디다 어쩔 수 없이 오는 것이
분명 있다는 눈빛 같은

너무나 끈적이게도 아픈…

겨울비 2

가벼이 나리는 눈이 되지 못하여
그림내 그리는 눈물이 되었습니다
구름 망루에서야 비로소 깨닫는 참회비 되었습니다

당신의 겨울 창에 부딪는 비 되어서라도
젖은 무거움 부서지는 일이라면
수백 번, 수천 번이라도 부딪치겠습니다

보이지 않는 모습을 간과한 시선 속에
많은 오류와 시행착오의 시간 속에
흐릿한 세상을 탓한 흐려진 나 속에
정작 부서져야 할 것은
내 안의 나라는 것을 알았습니다

아파져서야 사랑인 줄 알게 된 뒤늦음도
슬픔에 직면해서야 눈물 많은 세상을 알게 됨도
보이지 않던 곳을 살피는 가슴이게 한다는 것을
부서진 맑은 낮아짐으로 하여 진정
아름다움도 피어난다는 것을 알았습니다
하여, 수만 번 수억 번이라도 부딪치겠습니다

혹여 당신의 겨울 창에
아직 남은 미련이 하얗게 머문다 해도
선연한 미소, 그 온기만으로도 녹는 이내 가슴
아래로 아래로 기꺼이 흐르겠습니다

가벼이 나리는 눈의 하얀 나비 숨 되진 못하였으나
가벼이 부서져 나비 깨우는 봄의 숨 되겠습니다

다시 태어난다면

다시 태어난다면
당신의 내일로 태어나야지
당신의 어제 같은 날 말고
당신의 잊힌 지금의 나 말고
언제든 당신 창에 먼저 닿아
당신의 어둠을 데리고 가서 죽여버리고
환해질 다음을 꿈꿀 수 있는
그런 내일로 태어나야지
당신의 기쁨을 데리고 가서 물 주어 싱싱해지게 하여
꽃처럼 붉은 립스틱으로 반기는
그런 내일로 태어나야지
당신의 고뇌도 데리고 가서 고문을 일삼아 자백하게 하여
언제 고민했냐는 듯 가벼운 걸음이게 하는
그런 내일로 태어나야지
당신의 외로움을 데리고 가서 내내 감싸주고 닦아주어
허전이 구름처럼 흩어져 버린 청량의 하늘 같은
그런 내일로 태어나야지
당신의 사랑도 데리고 가서 나의 실패담을 들려주어
살수록 더 좋은 사람이라고 느낄 수 있는
그런 내일로 태어나야지
만약에 이별한다면 그 이별 데리고 가서 안아주며
좋은 사람 기다린다고 더 꼭 응원해 주는
그런 내일로 태어나야지
그리고 당신이 죽는 순간은 나도 어쩌지 못해
내일에서 그만 달려 나와서
나의 시간도 함께 그곳에 멈추어야지

연리목 사랑

사랑한다면

정말 사랑한다면

간절을 넘어 끝끝내 닿고야 마는 것

어떤 질곡에도 불구하고 역풍마저 감수하는 것

흘린 눈물과 눈물이 만나

이윽고 서로에게 서로가 심어지는 것

마침내 그 겨운 곳에서 감내의 꽃이 피는 것

그 닿은 곳에서 삶을 함께 쓰는 것

살아도 단 하나의 사랑

죽어도 단 하나의 사랑

그것이 발견한 존재의 이유인 것처럼

그것이 신이 부여한 단 하나의 명령인 것처럼

사랑한다면…

사랑한다면 이들처럼!

멍

어디서 부딪혔는지
멍 자욱이 무릎에 피었다
꾹꾹 눌러보니 살짝 통증도 핀다
부딪힌 기억조차 없을 때는
아마도 내게 부딪힌 무언가는 아팠겠다
늘 그랬던 것 같다
무심코 던진 말이 누군가를 아프게 한 일은
한참이 지난 어느 날 후회가 피었었다
누군가 던진 말에 내가 상처받으면
늘 오래도록 멍울처럼 매달려 있었고

멍이 되도록 삼키지 못해 터진 것들은
늘 시간을 필요로 하였었다
시간이 지우는 건 색깔일지 모르나
상처는 긴 세월 상을 드리우며 괴롭히곤 했다

무심한 내게 부딪힌 무엇에게
멍을 쓰다듬으며 마음을 띄워본다

내 몸에 새겨진 자국이 너의 눈물이 아니길
너무 많이 아파하지 않길
보이고 나서야, 내가 아파져서야 헤아리게 되는
이 무지함을 정녕 용서해주길

미안하다

제목 : 멍
시낭송 : 박영애
스마트폰으로 QR 코드를 스캔하면
시낭송을 감상할 수 있습니다

귀책사유

종착역을 알리는 또렷한 승무원의 음성이
늦은 밤의 가로등 아래로 울려 퍼질 때
나는 주섬 거리며 놓아둔 나를 챙긴다
이곳저곳 내린 승객들이 즐비하고
색색 형형 숨결들도 각기 다른 신음을 토한다

먼 곳이라 여긴 여행이 닿아야 할 곳이
이리도 가까웠던가
가로등 아래 흩트려 놓은 나를
길기도 짧기도 넓기도 좁기도 한 저 검은 실체를
빛은 삼키지 못하고 투시하고 섰고
미로에 빠진 듯 나는 두리번만 반복한다
어느 날 만난 고양이 한 마리
자신의 꼬리에 놀라 돌고 도는 형색이 꼭 이랬지

어느 하나 나 아닌 것도
어느 하나 나인 것도 없는
첩첩 거울 속 저 무수한 나들의 반란
가로등 빛은 내 귀책사유를 묻고
붉은 입술의 단풍을 흔들어 도장을 찍는다

하차한 승객 사이 검은 장화의 나들
다 벗은 계절은 더 진실해져야 용서할 듯하여
앞서거니 뒤서거니 많은 나들을 데리고
나의 나에게로 흘러가는 밤
깊어진 바람 숨소리 먼 길섶을 돌고
반란의 나들은 하나둘 장화를 벗는다

그대 속 뜰에 평상 하나 놓아

그대 속 뜰에 평상 하나 놓아
폭염에도 눕지 않았던 토란대
늦기 전에 가져다가 잘 말리고
소박히도 영근 박 따다가
얇게 손질해 잘 말리고
우수수 모래알처럼 자꾸 떠나려 하는
참깨 같은 세월도 좀 말려야겠네
이 마음에 저물지 않은 사랑도
잊지 않고 닦아서 잘 말려 두어야겠네

어느 겨울,
뾰족한 고드름 같은 시간이
그대를 힘들게 할 때
말려둔 나무랄 데 없는 나물들 잘 데치고
가슴에 물기로 새록새록 살아나는 사랑과
지난한 세월을 견뎌 더 구수해진 참기름으로
정성껏 알맞게 버무려서
그대 속 뜰 평상에 차려주어야겠네
그대 시린 허기 달래야겠네

제목 : 그대 속 뜰에 평상 하나 놓아
시낭송 : 박영애
스마트폰으로 QR 코드를 스캔하면
시낭송을 감상할 수 있습니다

55

작용과 반작용

작정이 맞닥뜨린 정작에
정으로 맞았습니다

그대에게 전진하려는 무작정에
별이 분분하다는 시간차로
진전은 커녕 이라는 밤에 넘어져
정으로 또 맞았습니다

다정이 따스해서 기울어지기에
평형을 생각 않고 쏠려 들다가
병인 양 하다는 감정가에
형편이 휘청해지도록 피하지 못하고
돌아누운 정에 맞기도 했습니다

작용이 사랑이라면
반작용도 사랑이겠다며
과감히 그 구석을 믿고 적용했더니
돌아온 용적 초과란 판독으로
무거운 정에 되맞아 밀려도 났습니다

사람의 사랑...

작정과 무작정 사이 적정이

작용과 반작용 사이 무게중심이

아직도 내겐 참 어려운 일입니다

하세월 서툴러서 둔탁했던 정

그럼에도 불구하고 왜

내게는 그대가 왜

이다지도 좋은 건지요

그리도 좋으신가

괜찮다

살아진다는 무언의 말을

싸늘한 몸짓으로 하시더니

이내 산소통 짊어지시고

유유히 떠나신 님이여

그 호스는 내 심장에 맘대로 꽂으시고

심연 속으로 잠수를 감행하셨네

떠오르는 몸짓이라도 하신다면

심장을 꺼내서라도 당겨 내보낼 텐데

더 깊게만 깊게만 숨어드시는 님이여

내 살아서

내 살아져서

그대 계신다 할 요량이신가

내 사는 날까지

내 살아내는 날까지

그대도 사는 거라 할 요량이신가

그곳이 그대...

그리도 좋으신가

제목 : 그리도 좋으신가
시낭송 : 박영애
스마트폰으로 QR 코드를 스캔하면
시낭송을 감상할 수 있습니다

죄와 벌

그토록을 사랑하지 못하였으나
이토록을 그리워한다
그만큼 밖에 너에게 쓰이지 못하였으나
이만큼을 너의 허락 없이 쓴다
그리도 너를 사랑하는 줄 몰랐었으나
이리도 가슴 아프게 저려오는 사람아
너 없이 너를 사랑하기엔
그리움만 한 게 없어서 이러하니
다음 세상 어디에서 만나지거든
마음대로 그리워한 죗값
원 없이 곁에서 사랑함으로 갚게 해다오

긴 장마가 시작되면

긴 장마 진 어느 여름날 그녀는
세상의 콘크리트들이
차곡차곡 창공으로 올라가 포개고 포개더니
금방 폭음을 일으키며 뛰어내릴 것 같다고 했다
저 벽 같은 어둠이 그 푸른 하늘에
철근을 박고 시멘트로 도배를 하여
두 번 다시는 빛을 보게 하지 못하게 하는
정공법을 들고 아웃을 얘기하고 있다며

그녀는 몸에 모공이 많아 숨을 쉬고 산다고 했다
하루에 세 번, 잠시만 암막 커튼을 걷는다고
어둠에 막이 있다는 것을 몸소 보여주는 커튼이
참으로 친절하고 진실하다는 생각을 하면서…
세상 밖의 암울보다 편안한 동굴에서
귀도 막고 입도 막았던 시간
그리고 그녀는 오랜 시간 연락을 두절했다

그때부터 일 것이다
긴 장마가 시작되면
만삭이 된 고통들이
누르고 있던 상처들을 낳을 시간이라는 신호와 함께
수중분만을 준비하게 된 것이

산통이 시작되면
나는 나를 벗기 시작했다
퍼붓는 장대비가 암막 커튼처럼 세상을 가린다
아주 편안히 분만은 시작된다
슬픔만큼 슬픔을 받아주는 산파는 없기에

그리고 며칠 후
늘 정해진 룰처럼
장마가 끝난다는 소식이 일어나
하늘의 철근을 뽑고 전선을 걷어내며
손을 흔들었다

그녀가 내 안에서 밝게 웃었다

고고학(孤孤癥)적 그리움

언젠가 길이었나 봅니다
저 앞쪽 어딘가 사람이 살았던지
쓸모가 있는 용도가 있었던지

길은 많이 드나들어 길들여짐이든지
아니면 사랑한 가슴이 녹아 지은 화석 같은 거라지요

지금은
사람을 잃어 길이 말이 아닌지
아직 돌아오지 않는 누군가와
더 이상 나가보지 못하는 누군가가
어느 행성을 헤매고 있어 사람이 말이 아닌지

어지럽혀지고 엉킨 자국들이
거칠게 막고 서 있는 건
흔적이 지워질까 두려워서랍니다

누구도 그 앞에
부질을 언급하며 세월을 탓하지 못하지요

밤마다 별이 지나가며 장소를 밝혀주고
바람이 솔을 들고 와 조심스레 쓸어주고
가끔 비가 와서 울고 간다니까요

그래서
한 사람이 길을 만들어둔 가슴에
별이 들고 바람이 불고 비가 고이는 일을
어느 별에서는
고고학(孤孤癃)적 그리움이라 한다지요
누구도 대신 찾아줄 수 없는
단 그 사람만의 외로운 일이라
단 그 사람이 아니면 안 되는 길이라

다만 그 사람 눈에
세월은 호수를 만들어 주며 토닥이고
달이 대신 자주 들러서
말없이 고요히 있어준다지요

孤 : 외로울 고
癃 : 가슴앓이 학

63

제 3부 수순의 스텝

순리는 동안의 깃들임 안에서도
냉정하게 고요히 길을 가고...

어떤 파문

젖은 이의 눈에 어린 빛을 읽고
바다를 향하는 강물의 문장이 푸르다

가슴 풀어 보내오는 비의 서신에
초원을 꿈꾸는 진흙의 숨이 푸르다

갈라진 농부의 발에 흥건한 문맥을 품고
씨앗을 일으키는 흙의 기도가 푸르다

시인의 눈물로 담근 시에 취한 영혼을 깨워
새벽을 안내하는 별의 심장이 푸르다

봄비

이 순간만큼은
슬픔이라 하지 마오
어느 날의 회억
그대들은 기쁨만 기억하시라
벅차오르시는 건 봄의 그대들
한 점 슬픔까지
오롯이 내가 안고 내리리니
흔들리는 소리는 선율로 돋고
땅 젖을 울리는 바이브레이션
애달픈 사랑의 세레나데여!
비나리의 봄비여!

입춘(立春)

모두 버리고 돌아오는 이의
이마가 푸르스름하다

고통 너머에서 불어오는 것은
소리를 먼저 물기로 보내온다

해의 빛살이
근육을 올리며 도착하고
언어들의 전율이 바람으로 술렁인다

재빨리 나무들이
창을 열고 몸을 펼쳐 펜을 들자
힘찬 빛 두 줄기가 몸을 일으키더니
봄을 새기고 있다

그 소리에 놀란 움츠린 담쟁이 잎 하나가
띄어 쓸 곳을 모색하듯
가느다랗게 고개를 든다

음지 하나가 환하다

공존

조약돌이 물의 소리를 경청하지 않았다면
물속에서 숨 쉬는 법을 어찌 알았으랴

바위가 바람의 얘기를 품어주지 않았다면
틈새에 맡긴 들꽃을 어찌 피워냈으랴

나무가 허공과의 약속을 지키지 않았다면
허공이 결코 가볍지 않았으리라

또한,
물이 조약돌의 마음을 쓸어주지 않았다면
한시라도 모난 돌에 찔려 고요한 적 있었으랴

바람이 바위의 침묵을 존중하지 않았다면
어찌 품에 안겨 울 수가 있었으랴

허공이 나무의 인내를 경시하였다면
무성한 잎새 사이 기대어 쉬어가지 못하였으리라

오이꽃

가만히 봐요
새순 터뜨릴 때 놀라서 깨는 잠들었던 별
순을 스쳐간 바람 마다의 가려운 숨결

누가 어떤 가슴에서 꺼내왔나요
저 나비들 날아들 때 벅찬 사랑
햇살이 낳는 그림자마저
그림자의 그림자마저
초록물 올려요

가만히 들어봐요
꽃잎이 낳는 신음 소리
흙이 젖도록 산통을 하고
하늘을 저토록 길게 낳고
하늘이 노란 물 다 먹을 때
비로소 부서져요

저 작은 꽃이 부서지면
파르르 하늘빛 소름 울어요
파르르 물빛 향기 울어요

청어

바다를 걸어 보려면 아마도
청어 정도는 되어야지
물결을 몸에 새기는 고행은
도무지의 바다가 되는 일이지
바다의 속울음보다 더 깊은 눈이 될 때
햇살조차 물결인 줄 아는 빛이 된다지
온몸에 아로새긴 멍들을 보고
바다는 제 몸인 줄 안다지
하얀 속살을 보고
파도도 제 몸인 줄 안다지
붉은 가슴을 보고
노을은 뜨겁게 사른 생의 사랑이라 한다지
그때에 비로소 물결과 한 몸 되어
바다를 걷는다지
가슴 가득 인내한 흔적들은
수많은 가시로 생을 유영하지만
그 누구도 아프게 하지 않는다지
가시가 없으면 가슴이 없다지※
가슴이 깊어서 바다가 된 게지
바다를 건져 올리면 공중부양도 한다지
빛살과 해풍, 달과 별들이 모여
다비식을 한다지
그리하여 바다보다 짙푸른 향빛 사리를 남긴다지
사람에게 남긴다지

※ 천양희 시인님의 가시나무에서 인용

70

수순의 스텝

듬성듬성 잎새들이
남은 시간 앞에서
비워진 이를 위한 기도로
붉은 눈을 감는 시간

순리는 동안의 깃들임 안에서도
냉정하리 고요하게 길을 가고
이별식의 커튼을 치며
밤은 적막을 타전한다

여지없이 달은 노를 젓고
여지없이 파도는 오래된 전축을 켜고
여지없이 바람은 수순의 스텝을 밟는다

잠 못 드는 영혼이
지난날의 편린을 초대해
한올 두올 헤지고 구멍 난 곳을 만지는 시간

붉은 호흡은 바람을 따라
갸륵의 발자국 찍으며 떠나가고
그리움을 잉태한 별들은
듬성듬성 출산을 시작했다

소파가 세상을 시청할 때

우리 집 소파는
귀의 거름망이 튼실했으면 좋겠다
눈이 좀 어두웠으면 좋겠다

세상은 요란법석한데
소파는 가끔 멍했으면 좋겠다

세상은 호화찬란한데
소파는 차단 기능도 있었으면 좋겠다

기억하는 것은
정전이 된 어느 날의 침묵 속 고요
낮게 드리워 따뜻이 감싸주던 햇살
나비처럼 날아들던 눈꽃의 향기
때론 씻어가라고 적셔주던 비의 속삭임

소곤소곤 내 아이 안고 재울 때 부르던 노래
당신과 내가 서로의 체온을 나누던 사랑의 무게
그리고 잠시 기댄 곳에 흐르던 코 고는 소리

우리 집 소파는
앞에 놓인 세상의 TV를 보지 않았으면 좋겠다
하 수상한 소리들을 듣지 않았으면 좋겠다
그럴 때엔 졸음이 마구 퍼부었으면 좋겠다

허공의 본적

나무는 허공의 본적일지 몰라

수많은 가지
꽃과 잎에게
각각의 주소를 살게 하고
벌 나비 날아들어 사랑의 집 지을 때에도
그저 묵묵히 푸르게 기도하며 서 있는 나무

주소들이 하나 둘 지워진 자리
허공이 들어와 기대는 겨울 녘이면

오랜 시간 떠났던 고향을 향하는
즈믄 밤의 꿈들처럼

텅 빈 들녘의 시간 비스듬히 누운
초점마저 내려놓은 허수아비 눈빛처럼

곁에서 사라지고 나서야
가슴 자리 메이게 간절했던 그 사람 흔적처럼

헛헛한 사연 안고 찾아드는 허공에게
말없이 빈 몸 가득 내어주는 나무

무거운 옷 벗어 걸고 기댄 자리
초췌한 낯빛 어느새 편안해지니
비워진 자리 애틋이 무량해지니

아...
허공의 본적은 정녕 나무일지 몰라
허공이 울창히 나무에 열리는 걸 보니

햇반과 열반 사이

무심코
뭔가를 꺼내려 문을 연 냉장고 안에서
나를 잃어버렸다
한참 열반에 든 듯 무심해졌다
텅 빈 머리 사이로 스며나오는 찬 냉기
냉장고 벽 뒤편에서 은은히 속삭이는 빛의 소리들

아직 버리지 못한 상념이 양념병에 가득하고
유통기한을 표시해 두지 않은 게으름이
잔뜩 표면에 묻어 있다
뚜껑이 열리기나 할까
굳이 무엇인지 확인을 해야 할까
버리지 못하고 키우는 저 배양균 같은 것들

압착이 잘 된다는 큰 찬 통에 담아둔
어느 날 꺼내 먹으려던 아픈 지, 슬픈 지들
레시피 대로 담아서 깊숙이 넣어둔 것이 보인다
그 레시피엔
'감당을 못할 양의 고통은
잘 담아서 적당한 양의 기도를 넣어 밀봉한 후
어느 날 이게 뭐지? 궁금할 때
가장 숙성도가 높다'라고 쓰여 있었다
이건…
아직은 좀 더 기다려야 할 것 같다
기억해 내었기에
가끔 똑똑할 때도 있다고
텅 빈 머리에게 말을 걸자
냉장고 문이 닫힌다

열반에 들 뻔했는데
냉장고 옆 햇반이 윙크를 한다
살짝 비닐을 벗겨 레시피 대로
전자레인지에 넣고 이분을 누른다

나의 뇌파는 열반에 든 햇반을 따라
회전하기 시작했다

작애분통(灼艾分痛)

네 생의 서제 안골목 서린 먼지
누릇한 어느 문장에도 나 다 지워져
너의 숨 모퉁이조차 한 설움 설자리 없네

아니다 아니다 해도 변질되지 못하는
미련한 애착만 먼지 된 그림자여

너의 지축에 나 휘둘리고
나의 어디에도 너는 다만 있는데

냉골을 파고 누워도 눈물만 가이없이 살아
심장에 사막을 다 묻어도 난타로 오는 이여

이런 나의 야윈 등에 내려내려
미진의 가녀린 물기 감싸 품고
쓸쓸히 노 저으며 야위어가는
하현의 긴 겨울밤 젖은 달무리

열대야

낮이 긴 영역이 두려운 이에게
낮이 밤보다 더 지리멸렬인 이에게
어둠이 결코 위안이 될 수 없다고
밤이 어둠을 끓이는 채찍일지라도
홀로 견딤이 이골이 난 이에게는
홀로 삭힘이 뇌가 두 개여서 다행인 이에게는
질금질금 거르며 발효되길 바라는
밥통 속 식혜의 시간과도 같은 것

이 밤에도
익어가다 멈춘 이가 있을 터이고
이 밤에도
잠조차 가난하여 밤을 밥통에 넣어둔 이가 있을 터이고
이 밤에도
몰래 밥통 열며 그 속에 불은 눈물 쏟는 이가 있을 터이고

다시 한소끔 삶을 끓여 내었을 때
그곳에 달콤한 시절을 넣었을 때
동동 떠오르는 낯선 내 모습을 자꾸 걷어내기도 할 터이고

그렇게 며칠 아프게 앓다 보면
배가 고파져서
그 식혜를 내가 마시며
생을 소화해 낼 시간이
분명 있다고!

없다와 읊다

언젠가부터 별은 편지를 쓰지 않았다
길들여진 방 안에서 무엇도 하면 안 된다는 것을
알아버린 체념에 체한 날 이후

언제부터인가 우체통은 입이 하는 일을 잃었다
별이 달려와 두근대는 심장을 넣어줄 때
함박 웃는 입속을 다시 들여다보던 별의
시선이 없어진 이후

언제부터인가 구름은 동전 없는 안부를 공중전화에 그렸다
지문은 어느새 무정한 바람이 지워가고
속울음만 잔뜩 박스에 남긴 이후

언제부터인가 길은 버스 노선을 잊었다
길길이 향하던 심장의 향방은
방향이 내저으며 가로막을 때
이 별에서의 이별은 터미널로 가는 길도 지운 이후

없다와 읊다가
세월을 건너
저편 언덕 아래에서 토론 중이다

없다는 빈 시간의 소용을 계산하고
읊다는 시절 그리움은 계산될 수 없다 하고

별은 옅어지고 바람은 거세지고
우체통은 없어지고 먼지는 많아지고
공중전화는 무늬이고 찾는 사람은 싸늘하고
터미널은 기억이고 나르는 건 시간이고

세월 어디에
내가 보낸 편지와
내가 걸던 전화와
내가 온 마음으로 향했던 그 길은
잘 있는지……

별은 왜 하늘에서조차 가이없이 무상을 말하는지
읊조리는 나와
너 없이도 나 사는 이 시간

낙엽

내 빨랫줄에 한 사람
그늘을 널어본 적 있었지
달콤한 사랑의 유연제를 덧씌워
잘 마르길 바란 적 있었지

이미 떠난 너인 줄 모르고
이 마음만 애절토록 넘쳐서
하루의 시간이 얼마나 겨웠을까
밤새워 손 빨래해서
차마 비틀어 짜내지 못하고
이 마음의 등에 걸쳐두었다
빛 맑은 아침 널어본 적 있었지

마르지 않을 때는
내 생의 가장 하얀 수건을 꺼내어
곱게 접어 에워싸두고
밤새 온몸으로 꾹꾹 눌러
토닥인 적 있었지

그때에 지나가며 들여다보던 달빛의 눈이

왜 그리 붉었는지

차마 보지 못했다고 나는 말하고 싶었으나

다음 날 아침

빨랫줄에 널어둔 마음이

툭 떨어져 아무렇게나 구겨져 있는 걸 보며

아...

가을마저 갔구나

홀로 중얼거렸지

지구 한 모퉁이 접어두고

읽고 있는 책의 내용이 너무 좋아
다시 보기 위해 귀퉁이를 접는 일처럼
때론 지구 한 모퉁이 접어야 할 때 있지요

나의 소유이지만 나를 자유롭게 하기 위해
흔적을 남김이 미안하면서도
그곳이 되려 가슴을 몇 번씩 접히게 할 때 있지요

새벽의 도매시장
내다 팔아야 할 하루를 끌고
김밥 두 줄 포장을 부탁할 때
한 줄 더 덤으로 주시던 시장 모퉁이 사장님
안된다고 돈을 지불하면 눈을 부릅뜨시던 사장님
접어두고 내내 만져보고 펴보는 그 마음같이

어느 날
며칠을 문을 열지 않아 주변에 여쭈니
많이 편찮으셔서 접으셨다는 청천벽력에
가슴 미어진 기억이 접혀버려 아픈 이 마음같이

살다 보면
지구 한 모퉁이 접어두고
사장님 마음처럼 살자고
내내 펴보며 하늘을 볼 때 있지요

낙엽의 서

숨이야 가빠지면
때가 왔나 할 터이지요
말 못 하는 심정도 숙연해져
여기까지인가 할 터이지요
심중이야 어느 누가 헤아릴까 싶다마는
설움조차 찬란으로 스쳐옵니다
길은 참 모질었는데
생은 참 질퍽했는데
사랑만은 후회 없이 하고팠는데
서툰 생 생각하니 모자람도 퍽 좋았네요
떠난 자리 잊히더라도
욕되지 않았기만 소망합니다
다음 분께 한자리 내어줄 수 있어서
그나마 남길 게 있어 다행입니다
온 마음 씻어 그 정한 넋 하나 걸어둡니다
데려가시는 분
무겁지 않으시기만 바랍니다

감사했습니다 일생

염두에 두지 않았어도 염두에 둔 듯이

염두에 두지 않아도
제시간을 작은 오차로 지키는 버스
정류장의 전광판에 나열된 순서의 동체들

하나둘 열 맞추어 오면
튕겨져 나와 앞다투듯 오르는 사람들 속에
발맞추어 한 발을 들고 뒷발을 당기는 사람들

물색은 앉을 공간이고
낯선 눈빛들은 저마다의 무심을 가방 속에 챙겨
껴안고 있는 모습들인데

많은 경쟁률을 뚫고 앉으려는 그곳에 앉아있던 그가
초췌한 모습으로 눈을 마주하며 이름을 부른다

불쑥 던진 말이 뭐였지?
이 시간에 어쩐 일이냐고?
그럼 나는 어찌자고 이 무수한 시공들 사이 여기 있지?
이 말도 가방 속에 집어넣고 꺼내고 싶지 않은 말
반가움에 대한 놀라움에 대한 어떤 감정도 없는듯한
어제 만난 이웃에게 전하는 치레 같은 말

그리고 말없이 몇 정거장을 지나 내린다는 그에게
손에 든 귤 봉지를 건네며 무어라고 했는지
기억이 안 나는 당황도 가방에 집어넣고 싶은 말

한 달 후
그의 부고가 들렸다
심근경색으로 쓰러져 외로이 갔노라고……

염두에 두지 않았어도 염두에 둔 듯이
화장터엔 시간이 올려져 있고
줄줄이 사람들은 작은 항아리에 생을 집어넣고 내린다

그 속에 한 봉지 귤을 먹었을지도 모르는 그가
못내 제대로 못 전한 말조차 안고 내린다

'안녕, 잘 가요'가 아닌
'안녕, 잘 살아야 해요'였는데……

유연悠然

결절 마디를 사포로 갈아볼까요
뻣뻣한 마음을 절개해 도려낼까요
도드라진 심보 수십 개가 아리는 것에
잘 드는 진통제는 무엇인가요 약사님?
지렁이는 뼈를 언제부터 잃었을까요?
온몸이 붉도록 뼈를 녹이는 시간의 진화였나요?

파열음이 노래를 합니다
고막이 싫다고 하기 전에 미간이 저리고
붉어지는 것은 녹이는 것이 아니라
돋우듯 숨이 차오릅니다
습관적 관성인지요 과학자님?

저녁이 와서야
왜 지렁이가 흙의 아래에서
유연히 움직이는지를 알듯도 합니다

어느 겨울밤 꿈에서요
낮은 곳 마다에서 돋는 빛을 보았어요
깊은 향기를 조제하고 있다고 했어요
감내하는 향기의 언어의 관성이 공명이라고 했어요

얼어붙은 곳 아래에 여미는 물의 결이 있었어요
바람에도 기꺼운 씨앗님들의 시간을
사랑하고 있었어요 하느님은요

침묵

고요를 깨뜨릴까 하여
침묵해야 할 때에는
분별을 베개 삼지 말고
그 침묵 안에 가만히 머물러 보라

깨뜨릴까 하는 마음마저
깨져야지만
나라는 많은 시행착오를
비로소 바라볼 수 있는 것이다

고요는
흔들림 없는 정적이 아니다

바다에 파도가 없는 밤
그 깊은 고요 속에는
잠재된 수많은 파도가 흔들리고 있다

파도를 언제든 허하며 바라볼 때
고요는 파도 속에서도 평안을 주고
침묵은 더 깊은 바다를 거닐게 한다

그 속에서
침묵의 바위를 만지는 바다 소리가
얼마나 맑은지를
자신의 귀안에 들어 침묵하며 만져보라

그때는 우리

휴면계좌의 주인 잃은 돈을
찾아준다는 뉴스를 만났다
찾지 않은 이유들은 얼마나 많을까
잊은 것일까 잃은 것일까 버린 것일까

내 마음의 휴면계좌에는 어떤 시간이 있을까
찾아가라는 뉴스를 접한다면
멈추어 있던 시간을 깨울 수 있을까
시작된 곳에 가서 찾아야 한다면
그때의 너를 만날 수 있을까

그 시절, 그 계절은 그대로 있을까
그곳에 놓아둔 우리의 마음들은
지금의 우릴 알아볼 수 있을까
남겨진 시간들을 만져볼 수 있다면
그때에 우리 마주 보며 웃을 수 있을까

이별을 말하던 붉은 어설픔의 너와

이별을 들으며 말없이 돌아선 나는

그 시간들 앞에서 한 번쯤 서러울 수 있을까

해마다 백일 동안 아픈 백일홍이 아니더라도

천 사람 중에 한 명, 그 인연은 아니더라도

백일은 아팠노라 말할 수 있을까

천일은 기다렸노라 말할 수 있을까

마지막 마음을 찾아 나오며

또다시 못다 한 말들 그곳에 두면

오랜 후 다시 너에게로 걸어갈 수 있을까

다시 나에게로 오는 너를 기다릴 수 있을까

그때는 우리…

그리웠다 말할 수 있을까

포유류, 포유(For you) 류에 대한 소견

포유(For you) 류의 생을 지급받은 은혜를
신의 축복으로 여길 것

포유(For you)를 향하기 전
나를 항상 소중히 사랑함을 잃지 말 것

겸손과 배려는 늘 낮음에 있고
정직과 진실은 심장에 닿는 피라 말할 것

포유(For you)의 길에는 입이 아닌 귀를 사용하고
눈의 언어를 깊이 사랑할 것

포유(For you)의 마음은 날실과 밑실의 조화이고
다름에 대해 받아들이되 분별을 살필 것

하나를 가지면 두 개를 주지 못함이 안타까울 것
그것이 사랑이라는 것을 감사하며 자주 행복할 것

욕심과 비교라는 저울은 부디 두지 말 것
고난과 역경이 큰 공부임을 생각할 것

어려움다면
포유(For you) 류의 스승에게 지혜를 물을 것

그 스승이 누구냐고 물으면
자연이라 말하리
구태여 몇 분 소개해 달라면
나는 기꺼이 바다의 고래라 말하리
그리고 사막의 낙타라 말하리

제 4부 삶의 책장을 넘기며

어제의 아픈 문장은
오늘의 밑알이 되어주어...

대보름 달님께 드리는 기도

올해도
여전하신 모습 뵐 수 있도록
생명을 남겨주셔서 고맙습니다

귀 밝히고 눈뜨라시는 말씀을
늦게서야 깨닫는 미련한 저를
다시 찾아주셔서 고맙습니다

달빛에 몸 씻고
온유의 얼굴에 마음 다가갑니다

내년에도
가엾게 여기셔서 뵙게 해주신다면
칭찬 들을 일 하나는
꼭 전할 수 있고 싶습니다

다만 나는 너를 사랑했을 뿐이다

다만 너는 내 앞에서 웃고 있었다
다만 너는 나의 손을 잡았을 뿐이다
다만 나는 그 손이 그냥 좋았다
다만 나는 그런 너를 사랑했을 뿐이다

너는 내 곁에서 사라졌을 뿐이고
나는 너를 기다렸을 뿐이다
다만 그러했고 그러했을 뿐이다

네가 잊었다 해도 너는 다만 그러할 뿐이고
내가 못 잊었다 해도 나는 다만 그러할 뿐이다
어느 날 너와 내가 우연히 만났을 때
눈물 흘리는 나는 다만 그러할 뿐일 것이고
그저 웃는 너도 다만 그러할 뿐일 것이다

어떻게 아무렇지 않을 수 있냐고
나는 그렇게 묻지 않을 것이다
그 또한 너의 일일뿐이고
이 또한 나의 일일뿐임으로

너를 두고 나를 말하지 않을 것이고
나를 두고 너를 내어놓지 않을 것이다
다만 나는 너를 사랑했을 뿐이다
그리고 나는 다만 네가 많이 그리울 뿐이다

그러한 네가 오늘도 나는 그립다

주유

동안
삶이 아파서
결핍이 컸던 너에게
내 심장의 주유기를
너의 마음에 꽂고
너를 향한
내 사랑만 정제해
한가득 넣어 주고 싶다

결핍이
조금씩 채워진 자리
너의 충만한 표정을
보고 싶다

지슴이라는 말

지슴이라는 말
왠지 땅의 가슴을 말하는 것 같은 말

콩밭에 지슴이 많아서 메러 가야 한다고
나서실 때 어머니 뒷모습이 저리던 말
돌밭을 일구어 심어 놓은 콩밭을
고랑 고랑 호미질에 가슴을 긁던 말

지슴을 뽑아내고 흙을 털어내실 때
어머니 지슴에서 흘러내리시던 땀의 말
"지슴이 많으면 농사 베린다
사람도 그런기라, 지슴이 많으면 못쓰는 기라"
갈라진 발꿈치, 헤진 무릎에서
간절을 담아 관절이 앓던 말

땅의 가슴을 메시며
목이 타도록 삶이 아리게 메이시던 말
땅의 가슴을 어루만지시며
어머니 가슴의 습기를 부어주시던 말

허리를 굽혀 한 포기 한 포기 돋우어 주시던 말
몸을 낮추어 사랑을 일으키시던 말
그 정성이 자식을 일으키시던 말

지슴이라는 말
그래서 아프도록 아픈
내 어머니 고달픈 생의 말
땅의 가슴 같은 말

배롱나무에 붉은 꽃은 피고

여름이면
우리 엄마 몸은
배롱나무 수피

도라지도 참깨도 콩도
우리 엄마 땀 먹고살지

땡볕을 등에 가득 지고
흐르는 땀은 애들 먹이고
육신의 살갗을 하늘에 바치지

겨울에도
우리 엄마 몸은
배롱나무 수피

오빠도 언니도 동생도 나도
우리 엄마 온기로 먹고살지

찬바람 가냘픈 등으로 혼신 다해 막고
흐르는 온기는 자식들 덮어주고
얼어붙은 살갗을 하늘에 바치지

일평생
자식 인생 꽃피우라고
당신을 바쳐 사르시는 나무
당신의 덫 옷 한 벌 지어 입지 않으셨네

배롱나무에 붉은 꽃은 피고
수피는 뚝뚝 벗겨져 내리네
내 눈시울은 자꾸만 붉게 젖고
우리 엄마 등은 휘어져만 가네

백일을 피우기 위해
삼백예순다섯 날이 아픈 나무
백 년을 살리기 위해
억겁 세월이 아픈 나무

아버지의 봄

홀로 계신 아버지는
자주 앞산을 바라보시며
봄이 산 너머 밭에 넘쳐서
구부러진 산길을 타고
용암처럼 흘러내려 온다고 하신다

다리가 불편해
걸어 다니시기 힘든 아버지에게
이제는 산밭이 달려와
아버지 다리 아래 누웠다 가기도 한다
흙냄새 풀냄새 현지 사정까지
깊은 눈 안에 두고 간 덕에
가보지 못했는데도
누구보다 신통하게 훤하시다

무엇보다 점심때가 지나
아버지 식사 챙기셔야 한다며
햇계란 같은 따끈한
정구지, 달롱개, 냉이, 돌나물을
소쿠리 가득 담아 머리에 이고
엄마가 종종걸음 산밭이 되어 오실 때
기억의 봄을 만나러 달려가시는 아버지 눈빛은
세상 가장 훤하시다

아름다운 인연

지리산 천왕봉에는
별들이 내려와 변을 보곤 한다지
구름이 앉아 가끔 소변도 퍼붓는다지
큰말똥가리도 그 별똥 먹고 눈이 맑아져서는
둥글게 둥글게 생을 유영하다 산이 된다지
붉은배새매도 구름 아래 젖어본 후
붉은 배가 구름 색이 되었다고 하지
사람들이 왜 산에 다녀오면
정신이 말똥해진다고 하는지
속 뜰이 좀 가볍다고 하는지 알 것도 같다

지리산 곁에 사셨어도
천왕봉 한 번 못 가보셨다던 엄마
그렇게 아파서 변조차 시원하게 못 보셨는데
이제는 저 하늘 별이 되셨으니
천왕봉에 내려서 시원하게 변 보시겠지
구름 타고 내려와 산 뜰 적셔주시겠지
아버지가 지리산 바라보시며 앉아계실 때
여전히 수줍은 하얀 웃음 웃고 계시겠지
그래서 별은 더 밝게 빛나겠지
얼었던 지리산도 봄옷 입고 있겠지

고사리

잎 지고 줄기 허물어
몸의 형태는 스러졌으나
바스러진 한 생의 염원이
고요히 핀다

생을 너머로 건네며
묵묵히 품고 일으키시는 합장 소리가
봄 햇살 너울 삼아 신을 신겨주시며 핀다

사는 일이 결코 쉬운 일은 아니란다
쉬이 꺾이지 않을 힘이 생길 때까지
고개를 미리 치켜들지 않아야 한다

높은 것을 일삼지 말고
낮아짐을 먼저 배우거라
단단히, 당당히 일어서거든
활짝 가슴을 내밀어라
그리고 세상의 좋은 손이 되어야 한다

어머니가 흙이 되시고
흙이 어머니를 품어서
생의 뿌리로 삼으라 하시는
토설(土說)의 저 기도문!

오래된 마음

이제는 찔레꽃이 졌겠습니다
키가 많이 자란 오래된 나무입니다

더운 여름 한껏 팔을 뻗으면
아버지가 밭에 그늘진다고
낫으로 툭툭 쳐내었던 나무입니다
먼발치 냇물이 범람하여 밭 능선을 넘을 때도
견디며 버티며 함께해 준 나무입니다
한고랑 한고랑 밭맬 때
살살 몸 흔들어 바람을 모아주던 나무입니다

그 밭에 엄마 잠드시고
두 계절이 지났습니다
병풍처럼 서 있는 하얀 눈 물빛 속에
순간 무렵의 이야기들이 그려졌습니다

농사에 서툰 동생이 처음으로 심은
고구마 순이 듬성이며 오르고 있고
언니가 심어둔 영산홍도 뿌리를 잘 내렸나 봅니다

이제는 찔레꽃이 졌겠습니다
그 잎 사이 옥양목 같은 빛이 내리겠지요
엄마의 잔디에도 내리겠지요

오래된 마음이 함께 있어 참 고맙습니다

아여!

전라도와 경상도 어디쯤에서 만난 말일까
지리산을 오르다 힘든 바위라도 만나
앞선 이에게 손잡아 달라는 말 같은
살 길 바쁘니 지체하지 말고
나만 보고 따라오라는 말 같은
아여!

둥지 튼 지리산 아래 한결같이 우리 아버지
고우신 엄마 부르시던 그 말

아여, 여 좀 와 보게
아여, 등 좀 긁어 주시게

나와 같은 당신이란 말 같은 아(我)여!
한 평생 아버지의 여자로 아내로 애들 엄마로
엄마의 삶을 다 끌어안아준 말
나보다 더 나여서
나의 여백은 당신이기에
큰 우주 하나를 함께 이루어 낸 듯한 말

아여, 고생 많았네
아여, 미안하네
아여, 좀 기다리시게

내내 아버지 눈을 젖어들게 만드는,
할 말을 아껴두시는 것 같은 말
먼 지리산 보며
엄마의 환갑 사진 보며
홀로 지극히 부르고 계신 말
이제는 느낌표로 흘러 메아리만 울음 진 말
아여!

말도 못 하게

오래된 집에
욕실 수도관이 아팠는지
밖의 계단까지 꿍꿍 진물이 올랐다
툭 터진 세월, 속으로 머금다
대리석 두꺼운 돌의 숨결 너머까지
신음 소리를 보내왔다
고락을 함께한 세월의 이면
새어 나오는 통증을 홀로 얼마나 견뎠을까
무심히 지나친 곳에서
낮빛의 그늘을 보고서야 안부를 챙기는 이 미안

그날은 종일 그 모습 손봐주고 살피느라
홀로 계신 아버지께 전화를 놓쳤다
엄마 바라기만 하시다 빈자리만 곁에 두고
세상 소통은 거의 안 하고 계시는 아버지
기다릴 줄 알면서도 하루쯤이야 하면서…
"아버지 딸내미 전화 기다렸나?"
"하모 기다렸지, 거차이 기다렸지, 말도 못 하게 기다렸지"
반가움에 연거푸 쏟아놓는 젖은 음성
하루가 천년 같았을 여든다섯 아버지의 저 심정

아버지께도, 오래된 수도관에게도
홀로 가슴 미어지게만 하고
한구석 제대로 헤아리지도 못하는 나는
말도 못 하게 죄송스러워서
말도 못 하게 죄스러워서
말도 못 하게 목만 메이고…

어느 스킨 스쿠버의 죽음

겨울 새벽에
2인 1조로 들어가야 할 바다를
왜 그는 혼자서 용감을 무장해 들어갔을까
스킨은 껍질을 벗기는 일이라는데
그 시간은 너무 길었고
그는 그곳에서 무장해제 되어 버렸다

결과론적으로
명이 거기까지라 했다
해신(海神)이 당겼다고도 했다
당기다가 끊어진 것이 명줄인가 했다

2인 1조라는 명시는
어김으로서 받는 과보의 죄명이었고
그 겨울 새벽 바다는 아무런 죄가 없는 것이다
그저 눈물이 더 늘었을 뿐

그와 바다가 2인 1조가 되어
서로의 껍질을 풀고
하나가 되었을 뿐

우리는 어쩌면
그 하나를 향하고 있는 생인지도 모른다
탐구할 한 사람의 품에서 껍질을 벗는…
받아준 그 사람의 품이 안식인…

공룡 발자국 화석 앞에서

어떤 운명에게
아로새겨둔 흔적이 운다
움푹 들어간 자리
몇 날 며칠 잠 못 들어 퀭한 눈을 비할까

아로새겨진다는 건
멈춤이리라
흐르는 시간을 그곳에 묻었으리라
그렁그렁한 눈물이 바다가 되도록
다녀간 수억 번뇌 멍울 되어 앉도록

기쁨이 있기나 했을까
슬픔이라 부르기도 아파라
파도가 기어올라 바라보는 자리
흔적이 써둔 주소는 길을 잃고
세월 저편 편지도 희미하다

움푹 파인 심정은
사랑을 기억하는 방법이리라
밤마다 별들이 내려와 달래지 못하고
지나가는 바람도 멈추었어라
보름달도 지나지 못해 돌아가는 밤이면
심정이 애달픈 바위만 흐느낀다

제목 : 공룡 발자국 화석 앞에서
시낭송 : 김락호
스마트폰으로 QR 코드를 스캔하면
시낭송을 감상할 수 있습니다

나무, 동면에 들다

인자부터는 날이 추울 기다
바람도 매서울 기다
그래도 어미 품 속에 좀 깊이 파고들어
한숨 푹 자고 있으면
다 괜찮을 기다
어미가 따신 봄 오는 거 보고 깨울 거마
젖이 돌면 깨울 거마
그때 일어나
많이 먹고 세상 밖 구경 가면 된다

인자 옷 다 벗어던졌나
잘 때는 가벼워야 잠이 편안한 기라
춥재
땀 흘리고 나면 더 추운 기라
화상 입은 손은 찬물이 필요하듯이
찬바람이 진물도 빨리 마르게 할 기라

얼른 이리 온나
고생 많았네 우리 새끼들
눈 감았재?
…
불 끈다

삶의 책장을 넘기며

삶의 책을 펼쳐서 읽다 보면
도저히 난해하여 해독이 안될 때를 만난다
한 페이지를 넘기기 위해
잠 못 이루며 시름해야 할 때
다른 이에게 조언을 구해도 해결이 안 될 때
그 난관 앞에서 생의 시계는 독촉을 해올 때
잠시 접어두는 용기를 발휘하여
새로운 문맥을 더듬을 때가 있다

세월이 지난 어느 날
어딘가에서 만났던 난제의 문맥이
문을 두드려서 열어본 자리에 배달된
택배처럼 와있는 반가운 뜻을 만날 때
택배 비용은 좀 비싼 고통이었을지언정
그 기쁨은 헤아릴 수 없는 깨달음이 된다

학문은 갈고닦는 것이라 하듯이
삶의 학문도 갈아서 부드러워지면 둥글어질 터
닦아서 맑아지면 깊고 넓게 보는 지혜일 터
그 터에서 일군 세월이 잘 순환하여
숙성된 좋은 퇴비로 한 포기 풀에게 쓰일 수 있다면
한 권의 책은 아름다운 독서가 될 것이다

나의 완성되지 않은 책 속의 오늘도
순간이 들려주는 단락을 만나고
어제의 아픈 문장은 오늘의 밑알이 되어 주어
덤의 한 페이지를 감사히 넘고 있다

제목 : 삶의 책장을 넘기며
시낭송 : 박영애
스마트폰으로 QR 코드를 스캔하면
시낭송을 감상할 수 있습니다

108

합장

계절과 계절 사이
말과 침묵 사이
침식과 퇴적 사이
그 여지 속 여지의 기다림
여백 속 여백의 사색
그 안에 맑은 귀 하나 있어
젖은 심장 하나 있어
거울과 나 사이 경계의 암호를 풀 수 있다면

사이사이, 사려의 마음을 입혀
맑은 풍경 입에 문 새 한 마리 들일 수 있다면
찰나의 어떤 시간도 헛되지 않으리

미움도 원망도
사람을 구걸한 욕심의 자국이었음을
깨우칠 여지를 만나
거울 속에서 반추하는 동안의 삶과
여백 속에 그려갈 남겨진 삶을
가벼운 미소로 마주할 수 있다면
아름다운 새의 합장 함께 할 수 있을까

사람과 사람, 사람과 자연 사이
사이 속 깊은 서랍을 지나
마음을 이어 기도하는 새가
자유로이 관조의 빛을 염원하며 울리는
맑은 풍경소리

두 손 모아 가득히 만질 수 있고 싶어라

세상에서 가장 아름다운 논문

겨우네 몸을 웅크린 흙이
점점 느슨히 햇살을 머금을 때
아버지는 소를 몰아 쟁기로 흙을 일으키셨다
북돋아 주셨다
장하다 견뎌주어서...

저수지에서 한바닥 두 바닥내어준 물길을 받아
평평히 땅을 보듬어 모를 심으며
잘 자라라 아가들아
너는 누가 뭐라 케도 내 인생이다...

그 논에서 써가는 삶의 이야기
그것이야말로
세상에서 가장 고귀한 논문

개구리들 사랑자리 허하기도 하고
하늘의 별들 등도 닦어주고
달이 주는 은은함에 깃들여 침묵하며
범람의 폭풍도 뿌리 하나로 견뎌보며

알토란같은 볕의 사랑에 깃들며
잘 익어 키워낸 생의 이야기들
익을 때 고개 숙이며 숙이며
더 낮은 곳으로 임하는 마음

아버지 눈길 닿을 때마다 반짝거리며
아버지 발걸음 소리에 설레며
날선 잎이 가시가 아니기를
아버지 팔다리 생채기에 미안해하며
그렇게 내어놓은 한 톨의 흰밥

그것이야말로
가장 훌륭한 논의 문장
세상에서 가장 아름다운 논문

경전철의 사람들

불편에 실린 명목의 아우성은
빨리란 효율적 지름길을 해결해야 할 단축키로
아름이 큰 기둥들을 지구에 박았다
길이 없으면 길을 만들며 가라는
은하의 경전을 숭배하려는 선행과
서민우대란 눈 치적에 혈안인 스펙과
지구 가슴에 못질 따위는 알 바가 아닌 미덕
사람들은 사람만큼 귀찮은 일은 없다는 공동체로 뭉쳐
은하의 경전 속에서 쇠사슬로 엮은 전기를 펴고
살가움의 정(情)전기가 두려워 서로 몸을 움츠린다
읽는 것은 눈동자만 해야 할 일인 양
동자 구르는 소리로 경을 읽고
불편하게 읽히는 지구는 쓸모가 없다는 양
일목요연 들려주는 기계음에만 집중한다
무거운 줄은 각자가 잡고 있는 목숨 줄인데
가볍기가 더 버거운 짐인 경전이란 레일 위 내일
어디를 가는 줄은 아는 듯하나
어디가 끝인 줄은 알고 싶지 않은
문득, 허공의 소실점이 철커덩 흔들린다
지구에 탑승한 노을에 기계음이 붉게 탄다
이번 내리실 역은… 다 들을 새도 없이
하차! 하차!

굴

바다를 입었다
고요의 찰랑임만 있으랴
지독한 고독이 몰아쳐 할퀴는 소리
몸을 부수어 버릴 듯 다그치던 바다의 입술
몸을 얼려버릴 듯 차갑던 눈빛
나는 어느새 그 맹렬을 살고도 푸름을 잃지 않는
무늬 속 무늬를 켜켜이 껴입었다

바다를 배웠다
거친 풍파에 왜 흔들리지 않았으랴
감내와 인고로 침묵하는 갯바위에게
오체투지를 사르는 바다의 무수한 포말을 보았다
부둥켜안고 견뎌야 할 것은 삶이라고
부수어야 할 것은 자신이라고
바다의 말에 기꺼이 기울여 주는 갯바위의 가슴에
깊은 청진을 다해 파고들었다
나는 바다를 받아주는 갯바위의 속울음을 듣고
나조차 받아준 갯바위와 한 몸이 되고서야
비로소 바다를 배웠다

선창가 굴껍질이 바위산을 이룬다
일생을 차가운 바다를 살다
갯바위가 되신 할머니 손에 굴껍질이 박혔다
온 마디에 울퉁불퉁 세월의 관절들이
간절을 입어서일까
깊은 주름 칼칼한 얼굴에 하얀 미소가 부드럽게 빛난다
바다의 몸에서 탄생한 사리의 민낯은 선명히도 맑다
참 곱다

뜨거운 일
(신체 기증을 하신 이모부 빈소에서)

궁리는 뜨거웠습니다
아니, 고달팠습니다
식는 일이야 욕망의 이기도 고개 숙이면
식은땀 몇 분이면 될 터이지만요

각자 다른 모습으로 태어났으나
한 세월 받은 몸
기껍게 살아내 살라 내밀어 살았다면
식는 일도 뜨거울 수 있어서
이리도 자욱한 일이라 가르치시는지요

비바람 한 소절에 떨어지는 낙엽
속절없다는 것은
붙든 분별의 겉옷일 뿐임을 압니다
허나, 머물던 한자리
깨끗이 비워주고 가는 일
남은 몸뚱이
다 부어주고 가는 뒷모습
서슴없이 빈몸 내주어
발화의 밑불이 되어주는 소멸

부여받은 고통만은
뒤에 오는 이들에게
덜어주고픈 그 긍휼

실로
그것만큼 뜨거운 일이 있겠습니까

갈피

가장 어둠일 때 더욱 선명한
마음이 흐릴 때 어름이 길을 잃는
너와 나 사이
오래전부터 머무는 조각달

가끔 아플지 몰라
가끔 베일 지도 몰라
어떨 땐 너무 차가워 놓칠지도 몰라

그래도 잊지마
너와 나 사이....
가끔을 뺀
어떨 때를 뺀 모두는
따스했다는 걸

기쁜 타당의 사랑

쓸쓸함이란 감정 속에
내가 들어가 보면
그곳에 있는 보편적인 것이 아니라
보편적인 것에 기대는 내가 아니라
깊게 파인 너의 우울 앞에 머리 숙여
내겐 너무나 타당하다고 말할 수 있는
슬픔을 여며 줄 진실된 손을 만날 수 있을까

비는 그쳤지만 또 언제 퍼부을지 모를 저녁 무렵
땅거미 내리는 곳의 짙은 안개 속이라든지
보름달쯤 되는 크기의 달이
구름 뒤에서 울고 있는 흐릿한 빛의 습기라든지
그 안을 서슴없이 든 내가
그들의 슬픔을 오롯이 안아
대신 비가 되어 흘러내려도 좋을
젖은 눈물의 숨소리를 읽고 싶은 심정일 때처럼

불 꺼진 너의 침실 속

네 짙은 고독을 내 것인 듯 쓰다듬다가 나는

너에게 녹아들어 사라져도 좋을 가슴이고 싶다

너의 슬픈 문장을 껴안고 내 것이라 우기고

눈 뜬 아침, 가슴 한편 지나가는 선명한 바람이 있어

분명 저것은 너의 것이라고 활짝 웃으며 건네는

오직 그것을

나에겐 기쁜 타당의 사랑이라고 쓰련다

너의 쓸쓸마저 내 문맥 안으로 가져와

내 맥박에 담을 수 있는 사람이고 싶다 사랑아!

제 5부 압락사스

깨뜨린 세계를 열고 피어난 장미는

너무나 자유로웠다

나비가 돌아오는 계절에

때로 생각한다
암묵의 일들에 대해서

오래 앓아야 할 일은
몇 개의 계절을 헌납해야 했다
어느새를 삼킨 기억이
어렴풋이 볕뉘에 숨었다 사라지는 모습에
우두커니 홀로 서럽기도 했다

그랬다,
막연을 보낸 세월이어서 아쉬운 것이 아니라
아쉬워진 것은 어느덧 인연의 세월인 거였다

나는 이제
세월이 향기가 되는 일에 대해서 더욱 골똘해졌으며
가슴에 기워둔 혼연을 풀어 내밀어 보일 수 있다
그들이 웃으면 나도 웃고
울면 나도 따라 울다가
가만히 웅크리며 품어줄 수 있다

바람이 물고 온 연둣빛 풍경 소리
바다를 일렁이며 반짝일 때
세월의 애잔 한잔 비워낸 가슴 펼쳐
꽃씨 한 줌 뿌린다

나비의 날갯짓이 아지랑이를 앞세워
먼발치의 언덕을 깨우며 달려오는
나비가 돌아오는 계절에

제목 : 나비가 돌아오는 계절에
시낭송 : 박영애
스마트폰으로 QR 코드를 스캔하면
시낭송을 감상할 수 있습니다

비로소

반복을 쓰려다
번복을 쓰고 말았다

실수라고 말하려다
실소할 뻔했다

끌어오려고 용을 쓰다
꿇어야 함을 배워야 했다

발설을 내밀어보려다
벌 설에 울고 말았다

전진을 외치려다
적진에 발목 잡혔다

뒤를 흐리지 않으려다
앞을 놓치고 말았다

허둥대다가 허둥대다가
내 일생 허허둥둥 떠밀리고야 말았다

이편을 헤매다가
저편이 얼마나 가까운지 알았다

참나를 뒤적이다가
나 참! 한심스러웠다

한심의 욕심을 내려놓고서야 비로소
한 섬이 보였다

기억의 온도

누가 기억에다 아련을 그려두었나
누가 아련에다 눈물을 심어두었나
누가 눈물에다 온도를 남겨두었나

보고 싶다는 말이 이렇게 아플 줄이야
그리움은 붕대를 풀면 새살이 돋지만
볼 수 없는 이에게 보고 싶다는 말은
돌아오지 않는 메아리일 뿐

누가 이 심정이 사는
골목의 이마에
바람의 손수건 얹어놓았나

골목을 서성이던
노을의 어깨가 들썩이자
저녁을 따라 되돌아와 있는
구슬픈 뻐꾸기 울음소리

단 하나의 이유

바다 곁에 살면서
왜 바다만 가느냐고
당신이 물었다

당신 곁에 살면서
당신 한 가슴 다 헤일 수 없는 이 마음

세계는 아마도
사랑이 아니면 능동을 뇌일 수 있을까
내가 당신에게 가히 지칠 수 없듯이

대답 대신 웃고 말았지만

꼭 듣고 싶다면
그것이
단 하나의 이유!

맑은 폭파

바지가 지켜준 고단한 허리의 테두리
양말이 지켜준 주소를 놓지 않은 흔적
야근토록 잠 자지 못한 장갑의 목덜미
숨이 들먹거렸던 마스크의 자국
곤한 엎드림 뒤 새겨진 이마의 행성 자국
밤과 낮의 경계를 견뎌준 베개의 고단 자국

그것은
바다를 섬겨내는 수평선
겨울 산의 침묵 속 순리의 선명함
달을 쏟게 하지 않는 달무리의 투쟁
별을 놓치지 않는 굳은 의지력

쏟아낸 태양의 눈물을 받아내며
가만히 불을 꺼두고 달래는 어둠의 일처럼
지켜내는 것에는 주름 같은 테두리가 있다

모든 염원이 걸어오는 봄
그것의 부활은 테두리의 맑은 폭파다
어둡고 힘듦이 비로소 피는 행복한 폭파다

누가 말릴 수 있으랴
이 위대한 우주의 빛을!
테두리가 흔쾌히 퍼져가는 향기를!
민낯이 이토록 어여쁠 시간을!
사랑의 사람이 아름다울 봄을!
꼭 오고야 마는 거룩한 힘을!

예뻐

바람이 흔들어 물살이 고개를 들 때마다
햇살이 재빨리 달려가 쓰다듬는 것 좀 봐
여기저기 총총한 음표들의 가려운 눈
그윽이 참 예뻐

바람에 부딪친 나뭇잎이 등을 보일 때마다
햇살이 성큼 뛰어들어 토닥이는 것 좀 봐
이곳저곳 감싸주는 호흡들의 맥박 소리
따스히 참 예뻐

슬픔이야 7할이 물인 지구 아닌가
틈새에 깃들이는 마음들의 합주
흔들리는 면면에 앉은 붉은 노을의 눈시울
애잔히 그래서 참 예뻐

사랑도 물로 만들어진 것일까
당신이 뒤척일 때마다 기울어지는 나의 계절
묵정의 세월 스쳤던 바람이 돌아와 들려주는 청진
애달피 참 그래서 모두 예뻐

꽃샘바람

누가
떡갈나무 견디고 안은 바람 들쑤셔
3월의 봄밤
껍질 몇 개 떨어뜨렸나

봄 이슬 사랑한 돌미역 몸 부풀어
해산하려 바다를 들어 올리는데
붉어진 멍게
요란히도 달을 품네

아름다운 처방전

흐르지 못하였으나
흐르는 이의 둑이 되고
언덕이 되어주는 이 있다

마르고 휩쓸리고 밟히며 산 세월
바람의 사신이 달려오는 시간
백기를 꺼내어 흔드는 갈대를 보라

흐르는 강물에 마음의 뿌리 씻고
곁을 지켜 그의 풍경이 되는 일
거센 시류에도 꺾이지 않고
넘치는 마음 내려 누군가의 길이 되는 일
어느새 강물을 닮아가는 일

지는 것이 이기는 거라고
늙을수록 그래야 한다고
온몸에 바람 숭숭 들어도
가슴으로 지펴올린 백기 흔들어
끄덕끄덕 바람의 눈물 쓸어안고
바람의 길까지 숙여서 내어주는
유연히 아름다운 처방전을 보라

제목 : 아름다운 처방전
시낭송 : 박영애
스마트폰으로 QR 코드를 스캔하
시낭송을 감상할 수 있습니다

126

방하착(放下着)

추위는 언제 감겼었는지
때가 되었다고 타래 풀었고요
벚꽃 한껏 피워내며 앞으로는 꽃다지일 거라고
꿈의 단어들 수놓은 문장 펼쳤지요

허나, 비바람 불어 읽을 새도 없이
책장을 넘겨버렸고요
찰나의 꿈처럼 재빨리 휘발되었지요
쉬이 들뜨고 쉬이 풀 죽었던 과욕을
속단의 저울에 얹어두고
단속을 애정이라 여긴 세월이 보였고요
열쇠 잃은 서랍이 조금씩 열렸지요
붙들고 있던 단어들도 바람을 따라갔지요

벚나무 그냥 놓은 빈자리마다
꽃은 가벼이 떠나며 손 흔들었고요
초록 신호등 밝혀 길을 닦고 있었지요
곧, 모음의 손을 잡은 초록 눈 맑은 자음들이
비워진 자리로 아장아장 걸어 나오겠지요
예쁜 문장들 허공에 그리겠지요

 제목 : 방하착(放下着)
시낭송 : 박영애
스마트폰으로 QR 코드를 스캔하면
시낭송을 감상할 수 있습니다

127

태초의 지문

한 가슴을 보았다는 건
보이지 않았던 지문을 일깨워
잃었던 나를 기억해 냈다는 것이다

흔들리더라도
고독하더라도
어느 너머로 걸어갈 수 있게 하는
영혼의 소생 에너지가 된다

사랑이란 가히
태초의 지문인 것이다

기다림의 숲

기다림의 숲길 한번 걸어보세요
조용히 그들의 얘길 귀 기울여 보세요

나를 잘 내려둔 침묵 속에서 봄을 기다리는 나목
너를 지켜주며 바라보는 사랑의 안목
우리를 품고 존중하며 엮어가는 다정의 화목

척박한 마음을 두드려준 북돋움
조금씩 깨어나 돋아 내밀던 반가움
바람도 잠시 눕게 해주던 여유로움
움트는 마음마다 가득한 즐거움

마음이 자랄 수 있게 해준 기다림의 숲길
여기저기 놓인 편지함 속에는
분별하지 않는 어울림을 담고
마음과 마음이 만난 아름다운 울림을 두었으니

마음이 황폐한 그대여
이곳저곳 준비해둔 편지함 보이시거든
편안히 편지하나 꺼내어 읽어보세요
그 마음들 모두 그대 것이니
가슴 가득 가지고 가셔도 좋소

2월처럼

제법 부풀어 오른 나무의 몸짓과
어느새 따스해진 햇살, 결 고와진 바람 냄새
이윽고 소란한 흙의 속살거림이
2월을 함께 써 나가고 있습니다

겨우내 안으로 안으로 든 수축의 힘이
조금씩 풀리며 튀어 오를 듯 고개를 듭니다
수축이 작아지는 일이 아님을
2월엔 배우는 듯합니다

2월은 짧으나 깊습니다
생의 한자락 누구라 할 것 없이
내어줌이 기쁜 달입니다
봄을 꿈꾸고 기다리는 이에게
징검다리 되어줌이 기꺼운 달입니다
가난한 이에게, 아픈 이에게,
시작하는 모든 이에게
낮아진 마음으로 응원 주는 선물 같은 달입니다

2월은 마중물의 달입니다
삶이 사(死)는 일이 된 겨운 이의 이마에
부드럽게 손 얹어 주는 2월처럼
언 가슴을 향한 따뜻한 포용의 달입니다
사랑의 눈이 희망을 일깨운
그대 뜰의 매화꽃 지천
그곳이 바로 생의 뜰입니다
사람이 피는 뜰입니다

그대여!
손을 잡으소서
손을 잡아주소서
이제 우리가 피어날 때입니다

수국

정치적인 이해
경제적인 이해

아,
나는 그런 거 싫어

가난적인 이해
촛불적인 이해가 좋아

무얼 다스리려고만 하고
오르고 내리는 일희일비 같은 감정가
그런 거 말고

오늘 별이 보이지 않는 이유에 사죄하고
오늘 달이 보이지 않는 이유에 고개 숙이고
오늘 저문 꽃이 농락 당하지 않게

아, 나는
왜 낮아져야 하는지를
말이 아닌 행동으로 보여주는
파도가 일으키는 마찰 같은 감동
그 끝에서 살랑이는 물비늘의 나비가 좋아

눈물 많은 삶으로 피어
아픔에게 더 연약하여 떠받듬에 기꺼운
나비가 춤추며 모인 뜰의 수줍음
부서지는 요동 너머 그윽한 등줄기에 고인 바다

아, 나는
그것이 좋아
초연히 저무는 촛농의 눈
그 뜨거움의 몸살이

시간의 항체

시간이 남아도는 연극은
무료로 상영되었다

연극의 주제가 무엇일까를
아무도 묻거나 궁금해하지 않는
객석은 채워졌으나 사람은 없었다

조명이 넘나드는 곳에는
먼지가 줄지어 입장을 하고
빛의 굴절보다 더 요란한 전라의 몸짓으로
수많은 감정을 표출하고 있었다

불시에 쏟아진
한숨의 리듬이 눈물을 타고
일대기의 한 전기에 왈칵 스파크 일어
무대는 일시에 막막해졌다

술렁임도 없는 정적엔

가히 한 번도 들어본 적 없는

고양이의 숨소리가 발자국으로 찍히고

잉여의 속절만이

남아도는 나의 근간을 내밀며

비틀거리며 일어섰다

내 홀로그램의 항원이

나를 쾅 닫고 떠나간 계절을 건너서

남아도는 내가 그 많은 나를

버려내야 만날 수 있다는 시간의 항체

나에게 돌아오는 길

가로등 하나

가을이 빗발치는 저녁의 불을 켠다

불과(不過)한 시간

멈추니
불과(不過)한 시간이었다고
불과, 한 시간이었지만
담벼락에 기대 보는 나른의 가을
내 삶의 소롯 해진 영역
이 불과(不過)한 삶의 어느 페이지에
스르르 내려놓고 낮아진 마음

불과(不過)했던 흐릿한 흔적들
어디다 두고 온 듯
어디다 둔 곳 모르고
오다가 놓친 듯
어디에 흘린 지도 모르지만
그저 이 육신, 기대어도 받아주는 담이 고맙네
한발 한발 이 무게, 감당해 주는 중력이 고맙네

기억의 미분도
욕심의 적분도
이 가을볕 아래 나를 받쳐주는 이 찬란이면 되는 법
나른하게 나를 풀어 널어 보는 시간

그저 그랬듯 또 그러할
불과(不過)한 나의 시간
불과, 한 시간이었으나
가을볕에 씻고 가을바람에 말리는 시간
나에겐 불과(佛果)의 고요를 듣는 시간
그러나 다시 소멸될 시간이라 하더라도
충만한 찰나를 입어 본 시간

얼음

여린 생명
가장 낮은 곳의 겨운 숨
무슨 일이 있어도 지켜내야 한다고

높은 이들
키가 큰 이들
가장 시린 곳 마다않고
가슴을 껴안으며 바리케이드를 친다

몸 푸는 봄 오면
매화 향기에
벌 나비 춤추듯
언 몸 녹는 강에는
물비늘 향기에
피라미떼 춤춘다

왈칵

신이 운명의 끝을 미리 알려주었다면
삶은 얼마나 잔인한 일일까
심장은 뛰는 일을 사랑에게 허락했을까

끝 모를 삶과 뜻 모를 방황의 시간은
반항에서 방환의 숙려 기간 동안
아우름의 참 울음의 뜻을 알게 되리라는
신의 한 수였을까

발을 진흙에 빠뜨려 참담을 살게 하고
누군가 내미는 손을 밀어내 보기도 하면서
귀한 것을 귀 한 줄마저 닫고 놓친 자신을 만나게 해
닫힌 것의 탓이 자신까지로 올 동안의 여정

어둠 속에서 가장 절실해지는 이치와
스스로 바닥 되어 바닥을 체험하게 하여
생을 절이는 순간의 너머에서
적절이라는 자신의 옷을 찾아 입는 여행

그리하여 아프게 했던 가슴에게
마음 덧대어 기워보면서
진실된 사랑의 얼굴을 발견하는 왈칵
두서없는 눈물의 출처
그 내면의 종소리 들어보라는!

시인

지극한 외로움의 숲
적막에 없는 안과 밖
허공 속 심장의 파동
온유로 빚어낸 사랑의 가슴
온 생의 지문이 아픈 시여도 좋은

낙천적으로, 아주 낭만적으로

산골 고향집 대문 앞에 있는
방울이 집의 가훈을
'개처럼 살자'로 지어서 걸어두었다

방울이는 낯선 사람이 와도
절대 짖지 않는다
오히려 좋다고 야단이다

지나가는 고양이가 외로워 보인다든지
자동차가 나뭇잎을 후려친다든지
큰 눈송이가 하늘에서 쏟아진다든지
바람이 널어둔 빨래를 가져가려 하면
온 골짜기가 들썩이게 짖는다

아버지는 그것이 불만이신데

가만히 생각해 보니
개처럼 사는 것이 무엇인지
사람의 잣대를 이해로 구하기엔
매어논 줄이 짧고 미안한 일이었다

허나, 방울이는 자신의 세계로
자신답게 당당히 잘 살고 있는 것이었다
낙천적으로, 아주 낭만적으로...

방울이가 대문 밖을 보며 앉아있다
아지랑이가 피면 세상이 좀 들썩이겠다
부록으로 '개 세상이 올 때까지'라고
반대편에 적었다

올봄부터는 개밥바라기별이
더 건강해져서 커질지도 모를 일이다

압락사스

한 송이 붉은 장미가 눈에 들자
저절로 감각은 꽃 송이로만 향했다
가시 몇 개 날을 세우고
이파리 몇 개 금방 달려들 듯하지만
내 눈엔 붉은 향기만 가득 필 뿐이었다

너를 탐닉하다가
점점 시드는 검은 추락들을 만났다
그때야 변함없이 흔들림 없는 가시가 돋보였다
가시는 오래도록 추락하지 않았다
무엇을 기다리는 열망만 가득했다

피어 올린 열락의 꽃도
자신의 세계를 감추지 않고 드러낸 가시도
한 몸에서 깨어나왔다는 세계 앞에서
그곳에서 탐닉하는 내 눈을 강타하듯
이름 모를 새 한 마리가 순간 아찔하게 지나갔다

압락사스…
비로소 나는
장미에게서 그의 세계를 만났다
카인과 아벨, 그 시선 속 교란의 세계
여성이면서 남성도 공존하는 세계
악마와 천사가 혼란의 파도로 선 세계
야누스의 문 앞, 낮과 밤의 세계

장미는 그 고뇌의 순간을 지독히 싸웠을 것이다
스스로를 부서뜨리는 일에 피가 끓었을 것이다
저 바닥의 끝에서 숱하게 고독했을 것이다
그리하여 자아라는 깊은 성찰을 만나
자신 속 우주를 피워낼 수 있었을 것이다
나의 몸에서 소름이 파르르 돋았다

깨뜨린 세계를 열고 피어난 장미는
너무나 자유로웠다
향기는 오래오래 강하게 퍼져갔다
그에게서 잉태한 한 마리의 새는
망망대해를 훨훨 날아올라 빛을 갈랐다

바람을 받아쓰기 하다

김희경 시집

2022년 10월 17일 초판 1쇄
2022년 10월 20일 발행
지 은 이 : 김희경
펴 낸 이 : 김락호
디자인 편집 : 이은희
기 획 : 시사랑음악사랑
연 락 처 : 1899-1341
홈페이지 주소 : www.poemmusic.net
E-Mail : poemarts@hanmail.net

정가 : 12,000원
ISBN : 979-11-6284-401-4